한시
러브레터

이 도서의 국립중앙도서관 출판시도서목록(CIP)은 서지정보유통지원시스템 홈페이지
(http://seoji.nl.go.kr)와 국가자료공동목록시스템(http://www.nl.go.kr/kolisnet)
에서 이용하실 수 있습니다.(CIP제어번호: CIP 2015007528)

한시
러브레터

강혜선 지음

북멘토

그리운 소식 몇 천 리를 날아왔는가

하얀 종이 바른 함을 붉은 실로 묶었구나

내 늙어 잠 많은 줄 알고서

새로 나온 찻잎을 끓여 먹으라 구해 주었네

芳信飛來路幾千   방신비래로기천

粉牋糊櫃絳絲纏   분전호궤강사전

知子老境偏多睡   지여노경편다수

乞與新芽摘火前   걸여신아적화전

― 이규보

머리말

요즘 나는 두 권의 서간집에 빠져 있다. 하나는 소 그림으로 유명한 이중섭의 것이고, 하나는 신영복이 감옥에서 쓴 엽서다.

제주도 서귀포시에 가면 이중섭이 잠시 세 들어 살았던 집 뒤에 작은 미술관이 있다. 그 미술관은 걸려 있는 이중섭의 그림도 좋거니와 무엇보다 그가 쓴 편지들이 전시되어 있어 좋다. 남편 아고리 군이 아내 발가락군 남덕에게 보낸 편지, 또 두 아들에게 보낸 편지와 엽서를 읽고 있으면 가난한 예술가의 아내 사랑, 아들 사랑이 편지에 쓰인 글씨와 엽서 모퉁이에 그려진 그림에서 뚝뚝 흘러내린다. 그 시절 편지는 이중섭이 가족에게 줄 수 있는 유일한 사랑의 선물이었다.

나의 태현아, 건강하겠지. 너의 친구들도 모두 건강하니? 아빠도 건강하다. 아빠는 전람회 준비에 몰두하고 있다. 아빠가 엄마, 태성이, 태현이를 소달구지에 태우고 아빠가 앞에서 황소를 끌고 따뜻한 남쪽 나라로 함께 가는 그림을 그렸다. 그만 몸 성해라.

따뜻한 남쪽 나라로 사랑하는 가족과 함께 가고 싶은 심정이 소박한 글과 그림 속에 너무나 절실하게 담겨 있어 보는 이의 눈에 웃음과 눈물이 함께 어리게 한다.

신영복이 감옥에서 보낸 엽서(봉투를 봉하는 편지를 금지당해 엽서를 썼다)에도 이따금 손수 그린 그림이 보인다. 어느 엽서에는 고풍스럽게 한시 한 수를 적어 보내기도 했다.

7월 9일부 하서와 우송해 주신 안경 잘 받았습니다. 도수와 크기도 꼭 맞습니다.

약한 돋보기 안경은 40대에 쓰는 것이라 하여 흔히 40경鏡이라고 한다는 말을 듣고 저는, 저에게 40경을 보내 주시는 아버님의 심정이 어떠하셨을까 생각해 봅니다. 안경알을 닦을 때 거기 어른거리는 얼굴을 만나게 됩니다. 40을 불혹不惑이라 합니까.

　　　　　　　　　　－「우공(愚公)이 산을 옮기듯」 『감옥으로부터의 사색』

19일부 하서와 『시경』 잘 받았습니다. 어머님, 형님, 동생 모두 무사히 묘사墓祀 다녀오셨으리라 믿습니다.

요지형제등고처 편삽수유소일인

遙知兄弟登高處 遍揷茱萸少一人

(형제들 묘소에 올라 수유 꽃 머리에 꽂을 때

문득 한 사람 없는 것을 알리라.)

지난달 현충사 참관 때 떨어진 수유茱萸 한 잎 주워 왔습
니다.

ー「동방의 마음」, 『감옥으로부터의 사색』

아버지가 보내 주신 돋보기를 받은 후 수유 잎 하나 들고서 유명
한 한시 구절을 떠올렸다. 당唐나라 시인 왕유王維는 음력 9월 9일
중구절에 이런 시를 남겼다.

나 홀로 타향에서 나그네 되어,

명절이 돌아오면 부모 생각 사무치네.

멀리서 알겠네, 우리 형제 높은 곳에 올라

모두 수유 가지 꽂을 때 한 사람만 없는 것을.

獨在異鄕爲異客	독재이향위이객
每逢佳節倍思親	매봉가절배사친
遙知兄弟登高處	요지형제등고처
遍揷茱萸少一人	편삽수유소일인

이런 편지를 읽고 있으면 가슴 저려 오는 아픔과 함께 맑고 깊은
서정적 울림에 내 마음도 떨려 온다. 이런 편지들은 그 시대의 맑
고 아픈 마음의 선물이다.

옛 문인들은 편지를 두고 '마음속 정회情懷를 털어놓아 만남을
대신하는 것'이라 이르면서 편지 쓰기를 즐겼다. 때문에 옛 문인들

은 편지를 보낼 때 대개 두 벌을 썼는데, 하나는 상대에게 보내고 또 하나는 자신이 소중하게 간수하였다. 또 편지에 서린 상대의 음성은 물론이거니와 종이에 남은 필적을 고스란히 간직하기 위해 편지만을 따로 묶어 작은 책자를 만들기도 하였다. 무료한 산속 생활에 장마가 지루하던 어느 날, 서안書案과 궤장几杖 너머로 달팽이 거품이 붉게 끈적끈적 일고 지렁이 똥이 푸르게 일렁거리는 풍경 아닌 데가 없던 날, 조선 후기 문인 김려金鑢는 외사촌에게서 빌려 온 서첩書帖을 뒤적이다가 벗 김조순金祖淳의 편지 몇 장을 찾아냈다. 반가움에 편지를 따라 읽어가다가 그냥 돌려보내기 아쉬워 종이를 가져다 벗의 편지를 옮겨 적었다. 일상의 편지가 특별한 문학 행위가 되는 순간이다.

편지도 그냥 편지가 아니라 서정시로 편지를 대신하던 시대가 있었다. 몇 장이나 길고 긴 사연을 곡진하게 풀어내는 편지도 있지만, 짧은 편지에 서정적인 사연과 여운을 전하는 편지도 있다. 그런데 단 몇 구절의 한시로 산문 편지가 넘볼 수 없는 정경을 펼쳐 놓는 예가 있다. 그런 한시를 '편지시'라 부르겠다. 이 책은 바로 그런 편지시를 가려 뽑았다. 옛 문인들이 남겨 놓은 편지시에는 맑고 깨끗한 마음의 선물이 무궁무진하게 담겨 있다. 편지시에 담긴 그 선물들을 하나하나 끌러 보이니, 마음의 선물은 오직 마음으로만 받을 수 있으리라.

차례

2부

병들고 가난하더라도
함께 늙어 가요

3부

대지팡이를
보낸 뜻

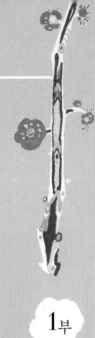

1부

국화꽃에 꽂혀 있는
벗의 시

어젯밤 서재의 경치는 지는 달이 바로 금 쟁반 같았지. 다만
술 한잔 함께할 마음 맞는 이가 없었지요. 국화 앞에서 내
그림자를 보며 홀로 마셨을 뿐이었소.

이 편지는 조선 후기의 문인 신정하申靖夏가 벗 구정훈具鼎勳에게
보낸 것이다. 짧은 글이지만 벗을 향한 마음이 긴 여운을 자아낸
다. 달빛이 비치는 서재에 앉아 홀로 국화꽃을 벗 삼아 조용히 술
한잔 하였다는 사연인데, 신정하는 멋스럽게 두보杜甫의 시구 하나
를 살짝 인용하였다. 본래 두보의 시는 "밤새도록 오순도순 이야기
하니, 지는 달이 금 쟁반 같다夜闌接軟語 야란접연어, 落月如金盆 낙월여금
분"인데, 신정하는 이 시에서 뒤의 구절만 가져왔다. 두보는 금 쟁
반같이 둥근 달이 훤히 비치는 밤, 마음 맞는 이와 밤새도록 오순
도순 정다운 이야기를 나누었지만, 똑같이 달빛이 아름다운 밤 자
신은 혼자였음을 넌지시 말한 것이다. 결국 이 편지는 '둥근 보름달
아래 홀로 술을 마시고 있자니 그대 생각이 더욱 간절하였다'고 말
하고 있다. 벗이란 바로 이런 사이일 것이다.
　조선 중기의 문인 허균許筠은 중국 여행을 떠날 때 벗이자 선배
인 권필權韠에게 이런 편지를 보냈다.

내가 떠날 날이 앞으로 며칠 안 남았네. 만리를 가야 할 여
행 봇짐에 자네의 글이 없어서는 안 되니 반드시 오언율시
五言律詩 여덟 수를 노자로 보내 주게. 한 수라도 줄이면 무
정하다고 할 것이네.

　먼길을 떠날 때, 벗이 주는 한 편의 이별시가 없다면 진정한 여
행이 시작될 수 없다. 벗이 노자 삼아 준 시편을 여행 봇짐에 챙
겨 넣어야 여행 도중에 안부와 함께 새로 지은 시를 써서 부칠 것
이다.
　여기 벗에게 부친 멋진 시작詩作들이 있다. 술병이 난 벗에게 장
난삼아 써 준 시도 있고, 전원으로 물러난 벗이 조정에 있는 벗에
게 보낸 시도 있다. 그곳이 어디든 그리움의 잔잔한 물결이 흘러가
닿는 곳, 그곳에 벗이 있다. 그 그리움의 물결에 띄워 보내는 것이
바로 벗에게 보내는 편지시이다.

술병이 난
친구에게 / 이규보

  역대로 술을 몹시 좋아하여 술과 관련한 특별한 시문을 남긴 이들이 많은데, 그 가운데 한 사람이 고려 후기의 대표적 시인인 이규보李奎報, 1168-1241다. 이규보는 스스로를 세 가지에 빠져 있다는 뜻을 담아 '삼혹호三酷好 선생'이라 불렀다. 그가 좋아한 세 가지란 바로 술과 시 그리고 거문고였다. 「술을 보낸 벗에게 사례하다謝友人送酒 사우인송주」라는 다음의 시를 보면, 그가 얼마나 술을 좋아했는지 짐작이 간다.

  근래엔 술마저 말라 버려
  온 집안에 가뭄이 든 것 같았네.
  고맙네, 그대 좋은 술을 보내 주니
  때맞춰 내리는 비처럼 상쾌하네.
  邇來杯酒乾   이래배주간
  是我一家旱   시아일가한
  感子餉芳醪   감자향방료

18

快如時雨灌　　쾌여시우관

－『동국이상국전집(東國李相國全集)』권2

술이 떨어진 집을 가뭄이 든 것이라 하고, 친구가 보내 준 술은 때맞춰 내리는 호우好雨라고 하며 한바탕 호들갑을 떨고 있다. 술을 좋아하는 이라면, 또 유독 술 선물을 밝히는 이라면 누구나 이 시를 읽을 때 절로 고개를 끄덕이며 무릎을 칠 것이다.

이규보가 쓴 술과 관련된 편지시 중 단연 압권은 술병이 나서 드러누운 벗에게 시로 써 보낸 기상천외한 약방문이다.

> 나는 노련한 의원이라 병을 잘 진단하지.
>
> 누구 때문인가 하면 틀림없이 누룩 귀신일 걸세.
>
> 새벽에 아황주 닷 말을 단숨에 마셔야 해.
>
> 이 약이 유백륜으로부터 전해 온 비방일세.
>
> 我是老醫能診病　　아시노의능진병
>
> 誰爲祟者必麴神　　수위수자필국신
>
> 鵝黃五斗晨輕服　　아황오두신경복
>
> 此藥傳從劉伯倫　　차약전종유백륜

－「술병으로 일어나지 못하는 벗에게(戱友人病酒未起 희우인병주미기)」,
『동국이상국집』권2

술을 너무 많이 마셔 일어나지 못하는 벗에게 술병을 낫게 하는 최고의 비법을 알려 주었는데, 그 비법이 참 볼만하다. 새벽에 거위 새끼의 빛깔처럼 노란 술인 아황주 다섯 말을 단숨에 마실 것. 그 약이 바로 유백륜劉伯倫, 곧 유령劉伶으로부터 전해 온 비방秘方이란다. 저 유령이라는 자는 중국 동진東晉 때 완적阮籍, 혜강嵆康 등과 함께 죽림칠현竹林七賢 중 한 사람으로, 술을 몹시 좋아하여 평소 한번 술을 마시면 한 섬이요, 해장할 때는 다섯 말의 술을 마셨다고 한다.

이른 아침부터 해장술을 찾는 술친구끼리 좌우명으로 삼을 만한 시이다.

초정에게 편지 써서
술 한 병을 빌었네 / 이덕무

멀리 강원도 인제 기린협으로 떠나는 벗 백동수白東修, 1743-1816
를 전송하는 글에서 박제가朴齊家는 첫 마디를 이렇게 떼었다.

"천하에서 가장 친밀한 벗으로는 곤궁할 때 사귄 벗을 말하고,
우정의 깊이를 가장 잘 드러낸 것으로는 가난을 상의한 일을 꼽습
니다."

백동수는 서얼 출신으로 무과에 급제한 무인인데, 의협심이 대
단하고 사람 사귀기를 좋아한 쾌남아였다. 번화한 도회지 서울에
서 가난뱅이 선비로 서로 격의 없이 우정을 나누었던 박제가와 백
동수는 궁핍한 날의 진정한 벗이었다. 꼬르륵거리는 창자 소리도,
술이 당겨 질질 흐르는 군침도 서로 숨길 것이 없는 사이였다.

백동수의 처남이자 박제가의 둘도 없는 벗인 이덕무李德懋, 1741-
1793 역시 참으로 궁핍하였다. 어느 날 박제가가 보내온 홍주를 맛
보고서 이덕무가 답례로 쓴 시를 읽어 보자. 구절구절 전고典故를
달아 단숨에 읽히지는 않지만, 주린 배에 밥보다 술 생각이 더 간
절한 이가 벗에게 얻은 홍주 한 병에 거나해져 벗에게 한바탕 신세

한탄을 늘어놓았다.

두레박을 따라 부지런히 올랐다 내렸다 않고[1]

거짓 시 거짓 글 본뜨기 부끄러워하네.

입마다 고현, 칠원의 말이요[2]

마음마다 안탕 용추[3]의 생각이로세.

띳집 사흘 새벽 빗소리 속에

창자가 꼬르륵 배가 몹시 고프네.

어리석고 졸렬한 사람 반 조각 일도 알지 못하고

이전李顚이라 자칭하며[4] 오뚝이 앉기만을 배웠네.

낡아 빠진 모시 도포 말총 탕건으로

그윽이 읊고 긴 휘파람 불며 진근[5]을 씻네.

이웃집 밥 짓는 소리 담을 넘어 요란하고

1) 세상에 추세(趨勢)하지 않음을 말한다. '길고(桔橰)'는 물을 퍼 올리는 기구인 두레박 틀을 말하는데, 한번 부앙(俯仰)하는 것 즉 아래를 굽어보고 위를 우러러보는 것이 모두 법이 있어 속히 할 수 없으므로 도에 맞지 않게 세상에 추세하지 않음을 비유한 말이다.

2) 노자는 고현(苦縣) 사람으로 성은 이씨(李氏)이고 이름은 이(耳) 또는 중이(重耳)이며, 자(字)는 담(聃) 또는 백양(伯陽)이다. 장자는 몽(蒙) 땅 사람으로 이름은 주(周)인데 일찍이 몽 땅 칠원(漆園)의 아전이 되었다.

3) '탕(宕)'은 탕(蕩) 자와 통하는데 '안탕(雁宕)'은 중국 저장(浙江) 성에 있는 수려한 산으로, 그 골짜기에 크고 작은 용추가 있는데, 수백 길이나 되는 폭포로 경관이 매우 아름답다.

4) '이전(李顚)'은 이씨 성의 미치광이라는 뜻으로, 이덕무 자신을 지칭한다. '전(顚)'은 전광(顚狂)이라는 뜻이다.

5) '진근(塵根)'은 불가의 말로 육진(六塵) · 육근(六根)을 말한다. 육진은 색(色) · 성(聲) · 향(香) · 미(味) · 촉(觸) · 법(法)으로 육근을 통하여 의식을 일으키는 육경(六境)을 말하며, 육근은 안(眼) · 이(耳) · 비(鼻) · 설(舌) · 신(身) · 의(意)의 여섯 가지 기관을 말한다.

마을의 항아리 술 향기 발을 뚫고 불어오네.

군침이 질질, 무엇으로 읊는 비위 달래 볼까?

초정에게 편지 써서 술 한 병을 빌었네.

새빨간 술 빛 촉정에서 나온 단사[6] 같아

잔에 가득 따르니 흐뭇한 마음 견디지 못하겠네.

不隨桔槹勤俯仰	불수길고근부앙
贋詩贋文恥依樣	안시안문치의양
口口苦縣漆園語	구구고현칠원어
心心鴈宕龍湫想	심심안탕룡추상
茅閣三晨雨聲裏	모각삼신우성리
腸雷輥輥熾飢火	장뢰곤곤치기화
迂疏不曉半箇事	우소불효반개사
自稱李顚學兀坐	자칭이전학올좌
壞色苧袍馬尾巾	괴색저포마미건
幽吟永歎刊塵根	유음영소천진근
隣鼎炊聲越墻殷	린정취성월장은
里甕筍香透簾歆	리옹추향투렴분
津津何以鎭吟脾	진진하이진음비
裁書楚亭乞一瓵	재서초정걸일치

....

6) '단사'는 선가(仙家)의 불사약(不死藥)으로 주사(朱砂)를 말하며 촉정은 중국 촉(蜀) 지방에 있는 화정(火井)을 말한다. 여기에 불을 붙이면 우레와 같은 소리가 나며 10리까지 불빛이 비치는데, 여기에서 새빨간 단사가 나온다.

根如丹砂出蜀井   난여단사출촉정

滿注不任心熙怡   만주불임심희이

－「긴 노래로 초정자에게 주어 홍주를 보내 준 데에 사례함
(長歌 장가, 贈楚亭子謝愧紅酒 증초정자사궤홍주)」,『아정유고(雅亭遺稿)』

　시구에 쓰인 전고를 생각해 가며 한 구절 한 구절 읽어 보니, 대
쪽 같은 맑은 성품을 지키며 사느라 가난하기만 하다는 이덕무의
신세타령이다. 띳집 사흘 새벽 빗소리 속에도 유난히 꼬르륵대는
창자 소리, 담 넘어 들려오는 이웃집 밥 짓는 소리에 마음이 동하
고 비위가 동한다. 어느 집 술 항아리인지 퍼지는 술 향기에는 더
이상 참을 수가 없어 마침내 벗 박제가에게 술을 청하는 편지를 쓰
고야 말았다. 해서 받은 술이 빛깔 붉은 홍주였다. 홍주 몇 잔 마시
고 얼큰해져 고맙다는 말 대신에 한바탕 신세타령을 노래하였다.
　술이 몹시 당기는데 주머니에는 돈 한 푼 없을 때, 선뜻 찾아가
술 한잔 사달라 말할 벗이 그대는 있는가?

벗이 보내온 황촉으로
서창을 밝히고 / 권근

밀랍으로 만든 초를 납촉蠟燭 또는 밀초〔蜜燭〕라 한다. 일반 서민
의 집에서는 주로 질이 낮은 우지초〔牛脂燭〕나 돈지초〔豚脂燭〕를 사용
했고, 밀초는 매우 귀한 물품이었다. 조선 초기에는 관청의 엄격한
통제 아래 밀초의 사적인 매매를 금하고 관혼상제 시에는 관청에
서 배급받아 사용하도록 했다. 그러나 권세 있는 양반 계층에게 전
용轉用되고, 일부는 시장에서 고가로 매매되었다 한다. 그래서인지
궁중의 하사품으로 손꼽히는 물품이 바로 밀초였다. 옛 문인들의
글을 보면 밀초가 선물로 자주 등장하는 것을 볼 수 있다.

정도전鄭道傳, 1342-1398과 권근權近, 1352-1409은 조선 건국을 주
도하고 조선 초기의 문화를 정비하는 중요한 역할을 했던 정치가
이자 문인이다. 이들은 고려 말 공민왕 말기 비슷한 시기에 성균
관 학관에 나가 이색李穡으로부터 학문적 · 사상적 영향을 받으면
서 교유하였다. 1367년 공민왕은 성균관을 중건하고 이색을 대사
성에 임명하고, 김구용金九容, 정몽주鄭夢周, 이숭인李崇仁 등 신진사
대부들을 학관에 임명하여 유학을 장려하였다. 이 반열에 정도전

과 권근 역시 참여했으며, 그런 그들은 정치적으로 친명정책을 함께 추진하며 특별한 우정을 나누었다.

다음의 시는 권근이 정도전에게서 밀초를 선물 받고 답장으로 쓴 시인데, 그들만의 특별한 우정을 살짝 드러내고 있다.

밝은 곧고 속은 비었는데 빛깔은 누른 것이

능히 밤마다 불꽃을 토하는구나.

오랜 벗이 보내 주었으니 정이 얼마나 두터운가?

서실의 창에서 게으르고 거친 것을 경계하고자 함이겠지.

外直中通色自黃   외직중통색자황

能令夜夜吐光芒   능령야야토광망

故人持贈情何厚   고인지증정하후

欲向書窓戒怠荒   욕향서창계태황

－「삼봉이 보내 준 납촉에 사례하다(謝三峯惠蠟燭 사삼봉혜납촉)」,

『양촌집(陽村集)』권7

이 시가 『양촌집陽村集』「남행록南行錄」에 수록된 것으로 보아, 권근이 1388년우왕 14년 이숭인을 옹호하다가 탄핵을 받아 남도의 여러 곳으로 유배 길을 떠돌던 시절에 지은 것으로 보인다. 빛깔이 누렇다고 하였으니, 정도전이 권근에게 보낸 초는 밀초의 종류인 황촉黃燭이었을 듯하다. 정도전이 이 초를 보낸 것은 그저 생활에 요긴하게 쓰라는 뜻이었을 듯하다. 그런데 이 선물에 대한 권근의

해석이 이 초를 더욱 값지게 만들었다. 오랜 벗이 보내온 황촉으로 서창書窓을 밝히고 앉아서 '게으르고 거친' 자신을 경계하고 있으니 말이다. 자기성찰을 중시하는 사대부의 내면을 잘 보여 주는 시라 하겠다.

정도전과 이숭인, 권근의 격의 없는 사귐을 보여 주는 일화로 권근이 지은 다음의 글이 전해지고 있다.

> 삼봉 정도전, 도은 이숭인이 양촌 권근과 더불어 서로 평생의 즐거운 것을 논하는데, 양촌이 말하기를 "흰 눈이 뜰에 가득하고 붉은 해가 창을 비치면, 따뜻한 온돌방에 병풍을 둘러치고 화로를 안고 한 권의 책을 손에 들고 그 가운데 쭉 뻗고 드러누웠는데, 미인은 수를 놓다가 때때로 바늘을 멈추고 밤을 구워 먹으면 이것이 족히 즐거움이다" 하니, 정도전과 이숭인 두 선생이 크게 웃으며 말하기를, "자네의 즐거움이 우리들을 흥기시킬 만하네" 하였다.
>
> － 권별(權鼈), 『해동잡록(海東雜錄)』 권6, 권근 조

이렇게 특별한 우정을 나누었던 이들도 조선 건국 즈음에 이르러서는 비극적인 파탄에 이르고 말았다. 널리 알려져 있듯이 정몽주는 개성의 선죽교에서 피살되었다. 위 일화에서 정도전과 함께 웃던 이숭인은 이성계가 위화도에서 회군하여 자기를 추종하는 무리들과 함께 우왕과 창왕을 몰아내고 신종神宗의 7대손 왕요王瑤를

공양왕으로 추대한 사건으로 깊은 좌절에 빠졌다. 그러다가 정몽주의 당이라 하여 멀리 유배되었다가 조선의 개국에 이르러서는 자기와 함께 처세하지 않은 데 앙심을 품은 정도전이 보낸 심복 황거정黃居正에 의해 유배지에서 장살杖殺되었다. 권근은 우왕 시기 강직한 상소와 직언으로 관직 생활을 하다가 1389년창왕 1년 10월에 이숭인을 옹호하다 대간의 탄핵을 입어 우봉牛峰으로 귀양을 갔고, 다시 명에서 보낸 자문을 사사롭게 본 죄로 영해寧海로 이배移配되었다가 1390년공양왕 2년에는 계림, 흥해, 김해, 청주의 옥으로 옮겨 다니며 유배를 살았다. 이후 권근은 다시 조선의 조정에 나가 눈부신 정치적·문화적 역할을 하였다. 정도전은 이들과 달리 9년여의 유배와 유랑 생활을 청산하고 1383년42세 함주로 이성계를 찾아가 인연을 맺은 뒤 다시 본격적인 관직 생활을 했으며, 주지하다시피 조선 건국의 주동 세력이 되었다.

서울이라 벗님네
편안히 지내시는가? / 이숭인, 권근

도은陶隱 이숭인, 1347-1392은 목은牧隱 이색, 포은圃隱 정몽주
와 함께 삼은三隱의 한 사람으로 불린 고려 말 문인이다. 정몽주
의 당이라 하여 삭직당하고 멀리 유배되었고, 조선의 개국에 이르
러서는 자기와 함께 처세하지 않은 데 앙심을 품은 정도전이 보낸
심복 황거정에 의해 유배지에서 장살杖殺당한 이숭인의 절친한 벗
이 바로 조선의 건국 공신으로 조선 초기의 문물제도 정비에 앞장
선 권근이었다.

이숭인과 권근, 이 두 사람의 운명이 갈리기 전 그들이 보여 준
우정의 자취를 좇아 보자. 전원에 물러나 있는 이숭인이 먼저 서울
에서 벼슬살이를 하고 있는 벗 권근에게 시를 부쳐 안부를 묻자,
권근이 답장으로 시를 지어 보냈다. 두 시는 마치 합주를 하는 듯
한데, 먼저 이숭인이 권근에게 보낸 시부터 보자.

> 한 줄기 시내는 맑고 사방 산은 깊으니
> 세상 밖의 마음이라 한낮에도 그윽하구나.

서울이라 벗님네 편안히 지내시는가?

인편을 만나거든 소식이나 전해 주오.

一溪澄淨四山深　　일계징정사산심

白日脩然世外心　　백일소연세외심

京國故人安穩未　　경국고인안온미

因風莫惜報徽音　　인풍막석보휘음[7]

　사방으로 산에 둘러싸인 고요한 곳, 집 앞에는 한 줄기 시내가 맑게 흐르는 곳에 이숭인의 거처가 있다. 세상 밖의 마음, '세외심世外心'이란 명리名利를 잊어버린 탈속의 마음일 터, 속세의 환로宦路에 매인 벗에게 서울의 벼슬살이 편안한지 넌지시 떠보는 말이 이 시의 묘미다. 이숭인의 시를 받은 권근 역시 시로 안부를 전했다.

　문밖에는 누런 먼지 깊이가 만 길이라

　서울에 봄이 오니 나 홀로 마음 상하네.

　알겠구나, 그대의 한낮 그윽한 맛,

　이곳 속세를 향해서 이야길 말아 주오.

門外黃塵萬丈深　　문외황진만장심

春生京國獨傷心　　춘생경국독상심

---

7) 이숭인의 시는 현전하는 『도은집(陶隱集)』에는 보이지 않고 권근의 『양촌집』에 부록으로 남아 전해지고 있다.

知君白日脩然味   지군백일소연미

莫向人間玉爾音   막향인간옥이음

－「차운하여 도은에게 부치다(次韻寄陶隱 차운기도은)」,
『양촌집』 권2

　누런 먼지가 만 길이나 뒤덮인 서울이라 봄이 와도 봄을 진정 누
릴 길 없는 곳에 권근은 남아 있다. 그런 자신에게 속세 밖 한가로
움이 넘쳐나는 시를 벗이 보내왔다. 그래서 권근은 "그대의 한낮
그윽한 맛, 이곳 속세를 향해서 이야길 말아 주오"라고 능청스레
대꾸하고 만다. 한 사람은 관직에 나가고 한 사람은 관직에서 물러
나 있어 두 사람의 길이 갈리었어도 서로를 생각하는 변치 않은 우
정을 엿볼 수 있다.

여보게,
바둑 한판 두세나 / 서거정, 김뉴

"늙은 아내는 종이에 그려 바둑판을 만들고, 어린아이는 바늘을
두들겨 낚싯바늘 만드네老妻畫紙爲棊局 노처획지위기국, 稚子敲針作釣鉤 치
자고침작조구"라는 시구를 혹 기억하는지 모르겠다. 고등학교 시절
국어 시간에 『두시언해』를 배웠다면 어렴풋이 떠오르는 이들도 있
을 것이다.

바둑은 옛 시인들의 일상에 자연스럽게 등장하는 소품이다. 하
지만 장기와 바둑은 잡기雜技로 여겨져 곧잘 주색酒色과 더불어 단
정치 못한 행실이라 비난을 받곤 했다. 태조 7년1398년 정월의 실록
기사를 보면, 도당都堂의 관원들이 몰래 옆방에 가서 바둑을 둔 일
로 간관諫官의 탄핵을 당한 일도 있었다.

한편, 옛 문인들은 "종일토록 배불리 먹기만 하고 마음 쓰는 곳
이 없는 사람은 곤란한 인간이다. 장기나 바둑이라도 있지 않은가!
그런 것이라도 하는 것이 가만히 있는 것보다는 나을 것이다"(『논어
論語』, 「양화陽貨」)라는 공자의 말을 내세우며 바둑을 드러내 놓고 애호
하기도 하였다. 바둑 두는 것을 '앉아서 숨는 것坐隱'이라고도 했

32

고, '손으로 담화하는 것(手談)'이라고도 했다.

조선 초기 세종에서 성종 대까지 대제학을 지냈던 서거정徐居正,
1420-1488은 바둑을 몹시 좋아했다. 그런 그가 벗으로부터 바둑 초
대를 받고 답장으로 쓴 시가 있다.

요즘 들어 세상일은 기교함이 새로워졌고
예로부터 실제 일을 맡은 자가 오히려 헤매는 법.[8]
그대는 승패가 모두 운수소관이라지만
나는 지고 이김이 사람에 달렸다 하노라.
개보는 인연 따라 장난을 즐겼을 뿐이요[9]
사안의 별장 내기는 친함도 안 꺼리었네.[10]
우연히 공사가 없어 내 의당 방문할 테지만
바둑 소리가 온 이웃을 진동할 게 염려로세.

世事年來機巧新   세사연래기교신
由來當局尙迷神   유래당국상미신

....

8) 옛 속어에 "곁에서 바둑 두는 것을 구경하는 사람은 세심하고, 직접 바둑을 두는 사람은
판단이 헷갈리게 된다(傍觀者審當局者迷 방관자심당국자미)"고 한 데서 온 말이다.
9) '개보'는 송(宋)나라 왕안석(王安石)의 자인데, 왕안석은 평소 남과 바둑을 둘 때 한 번도
깊이 생각해서 둔 적이 없었고, 자기가 지게 되면 매양 바둑판을 흐트러뜨렸다는 데서 온
말이다.
10) 진(晉)나라 때 명신 사안(謝安)이 일찍이 전진(前秦)의 부견(苻堅)이 백만 대군을 거느리
고 쳐들어와서 경사(京師)가 진동할 때를 당하여 효무제(孝武帝)가 그를 정토대도독(征
討大都督)으로 임명하자, 그는 이때 수레를 명하여 산중의 별장으로 나가서 여러 친구들
이 다 모인 가운데 자기 조카인 사현(謝玄)과 별장 내기 바둑을 두어, 위급한 때를 당해
서도 두려워하지 않는 대장의 풍도를 보였던 데서 온 말이다.

33

君言勝敗皆關數　군언승패개관수

我導輸贏只在人　아도수영지재인

介甫隨緣聊作戲　개보수연료작희

謝安賭墅不嫌親　사안도서불혐친

偶無公事宜相訪　우무공사의상방

只恐楸聲震四鄰　지공추성진사린

－『사가집(四佳集)』권9

이 시의 원제목은「김자고가 자기 집에서 바둑을 두자고 나를 초
청하면서 먼저 시를 부쳐 왔으므로 즉시 차운하여 희롱하다金子固
김자고, 邀至其第圍碁 요지기저위기, 先寄詩 선기시, 卽次韻戲之 즉차운희지」이다.
자고子固 김뉴金紐, 1420-?가 보낸 시는 현재 찾아볼 수 없지만, 아
마도 바둑의 승패는 운수소관이니 승부와 상관없이 바둑을 즐기자
며 서거정을 초청했던가 보다. 평소 남과 바둑을 둘 때 한 번도 깊
이 생각해서 둔 적이 없었고, 자기가 지게 되면 매양 바둑판을 흐
트러뜨렸다는 왕안석의 고사와, 적군이 쳐들어온 위급한 상황에서
도 여유롭게 조카와 별장 내기 바둑을 벌인 사안의 풍도를 들먹이
며 서거정은 바둑은 그저 유쾌한 놀이일 뿐이라고 응수하였다. 마
침 조정의 공무도 없으니 찾아가 이웃에까지 떠들썩한 소리가 들
리도록 바둑을 한판 두자고 하였다.

　서거정에게 바둑 초대를 한 김뉴는 본관이 안동安東이며, 자는
자고, 호는 금헌琴軒이다. 1464년세조 10년 별시 문과에 급제한 후

호조좌랑, 이조참판 등을 역임했다. 그는 남강南江에 서재를 짓고 시를 읊었으며 행서, 초서를 잘 썼다. 다음의 시에서 시주詩酒와 바둑을 함께 즐기는 서거정과 김뉴의 사귐을 엿볼 수 있다.

숲 속의 연못이 참으로 절경이라
서로 마주해 한참 동안을 앉았네.
이미 석 잔 술에 거나히 취하고
또 한판의 바둑까지 져 버렸구려.
석류꽃은 저물녘에 환히 빛나고
연꽃 기운은 작은 못에 가득하네.
다시 기쁜 건 같은 마을에 살면서
다만 시로써 서로 교유함일세.

林塘眞絕勝	임당진절승
相對坐移時	상대좌이시
旣醉三杯酒	기취삼배주
還輸一局碁	환수일국기
榴花明薄暮	류화명박모
荷氣襲方池	하기습방지
更喜同閭閈	갱희동려한
交遊只有詩	교유지유시

－「김자고의 임당에서 꽃을 완상(玩賞)하며 취하여 돌아오다
(金子固林塘 김자고임당, 賞醉而還 상취이환)」, 「사가집」 권9

밤으로 낮을 이어
술에 취해 놀아 보세 / 이행

4월 초파일이면 불자가 아니더라도 등불을 보러 산사에 가고 싶
어진다. 화려한 현대의 야간 조명과 달리 짙은 어둠 속에 은은하면
서도 화사하게 불 밝힌 등불 꽃밭은 정말이지 매력적인 풍경이다.
그래서 예나 지금이나 초파일이면 누구나 등불 구경을 나선다.

여기 한 시인이 벗에게 등불 구경을 가자고 청하는 편지시가 있
다. 시를 보낸 이는 조선 중기 최고의 시인 중 한 명으로 손꼽히는
이행李荇, 1478-1534이요, 시를 받은 이는 후세에 소인배로 길이 기
억되는 남곤南袞, 1471-1527이다.

초파일 등불 구경하기로 약속한 날
남산에 반달이 뜰 그때지.
휴가라 나는 절로 한가하니
밤놀이[11]를 그대는 약속할 수 있겠는지?
바위는 구름 깃든 자취 띠었고
솔은 학이 밟은 가지 시들었네.[12]

서로 만나면 흠씬 술에 취해야지

뒤 수레에 술 부대를 싣고 노세.

八日觀燈約	팔일관등약
南山半月時	남산반월시
告休吾自暇	고휴오자가
卜夜子能期	복야자능기
嵓帶雲栖迹	암대운서적
松殘鶴踏枝	송잔학답지
相逢須酩酊	상봉수명정
後乘載鴟夷	후승재치이

남산에 반달이 뜨는 초파일 날 등불 구경 함께하기로 약속하자
는 내용의 시이다. 밤으로 낮을 이어 밤새도록 어울려 술에 취하고
등불에 취해 놀아 보자고 하였다. 이어지는 다음의 시를 보면 이즈
음 남곤의 사정을 짐작해 볼 수 있다.

평생의 친구 남만리를

---

11) 원문의 '복야(卜夜)'는 밤을 놀 때로 잡는다는 뜻이다. 춘추시대 제(齊)나라 진경중(陳敬
仲)이 환공(桓公)을 위해 주연을 베풀었는데, 환공이 흥이 도도하여 불을 밝혀 밤에도 계
속 술을 마시자고 하자, 진경중이 "신은 점을 쳐서 낮은 길(吉)한 때로 잡았지만 밤은 길
한지 점을 치지 못했습니다"라고 한 데서 유래하였다. 여기서는 남곤이 능히 밤으로 낮
을 이어 놀 수 있으리라는 뜻이다.
12) "청학동에서 놀기로 약속하였기 때문에 이렇게 말하였다"라는 주석이 있다.

못 본 지도 이십 일이나 지났구려.

침식은 요즈음 어떠하신가?

풍류는 늙어서 절로 새롭다네.

작은 수레를 낮에 자주 타고 와

약이 될 좋은 말을 때로 해야지.

술 마시러 오길 아까워 마오.

우리들은 역시 오랜 친구이니.

平生南萬里   평생남만리

不見二經旬   불견이경순

眠食今何似   면식금하사

風流老自新   풍류노자신

短轅頻晝駕   단원빈주가

良藥要時陳   양약요시진

莫惜來同醉   막석래동취

吾儕亦故人   오제역고인

－「사화에게 주어 등불 구경을 약속하다
(贈士華約觀燈 증사화약관등 三首 삼수)」, 『용재집(容齋集)』 권2

이행은 시에서 벗 남곤을 남만리라 부르고 있는데, 거기에는 재미있는 사연이 있다. 남곤의 집은 서울의 삼청동三淸洞 깊숙한 곳에 있었다. 그 앞에는 산 개울물이 흐르고 뒤에는 큰 바위가 있었는데, 그들의 또 다른 벗인 박은朴誾, 1479-1504이 집주인인 남곤을 놀

리느라고 그 시냇물을 '만리 밖 개울물'이라는 뜻의 만리뢰萬里瀨라
하고, 바위를 '크게 숨어 있는 바위'라는 뜻의 대은암大隱巖이라 이
름 붙였다. 주인인 남곤이 벼슬하느라고 아침 일찍 나가서 저녁 늦
게 돌아오므로, 문 앞에 있는 시내도 만리 밖에 있는 것처럼 멀고,
집 뒤에 있는 바위도 알지 못하기 때문이었다. 아무리 조정의 일이
바쁘더라도 초파일에는 남산에 올라 등불 구경도 하고 술도 마시
고 흉금도 털어놓고 해야 하지 않겠냐며 벗 남곤에게 청하였다. 이
시를 받은 남곤은 이행과 함께 과연 남산에 올라 등불 구경을 했을
까? 만약 그리했다면 그날의 풍류 역시 이행의 시로 남았을 터인
데, 시가 보이지 않는 것을 보면 남곤은 여전히 바빴던가 보다.

벗과의 약속을 어긴 남곤이 훗날 1519년 심정沈貞 등과 함께 기
묘사화를 일으켜 조광조趙光祖, 김정金淨 등 신진사림파를 숙청한
야화野話는 널리 알려져 있다. 남곤과 심정 등이 희빈 홍씨를 이용
해 "온 나라의 인심이 모두 조광조에게 돌아갔다"고 왕에게 밤낮으
로 고하여 왕의 마음을 흔들고, 또 궁중의 나뭇잎에다 꿀로 '주초
위왕走肖爲王, '走'와 '肖'는 조(趙)의 파자(破字)'이라고 써서 벌레가 갉아먹
게 한 뒤, 그 문자의 흔적을 왕에게 보여 마음을 움직이게 했다는
이야기 말이다. 이리하여 남곤은 천하의 소인배로 역사에 길이 그
이름을 전하게 되었지만, 그도 젊어서는 시인이었다. 조선 중기를
대표하는 두 시인 박은과 이행이 바로 남곤의 절친한 시우詩友였
으며, 허균의 『국조시산國朝詩刪』에도 남곤이 젊은 날 지은 한시 여
러 수가 올라 있을 정도다.

친구를 멀리하고 시를 멀리하면서 점차 권력의 이면이기도 한 권모술수의 소용돌이 속으로 들어간 한 인물의 여정을 미리 내다볼 수 있게 한 시가 바로 이행의 등불 구경을 약속하는 시이다.

벗이 보내온
국화 화분 / 이행, 박은

　가을이 찾아온 것을 무엇으로 아는가? 아침저녁 출퇴근길에 스
치는 꽃집에서 길가에 소담스러운 국화꽃 화분이라도 내놓으면
'아 가을이구나' 싶어 잠시 눈길과 발길이 멈추곤 한다. 은일자隱逸者
의 꽃으로 알려진 국화는 예로부터 가을이면 문인들에게 어김없
이 사랑을 받던 꽃이다. 집에 국화꽃이 피었다고 벗을 부르기도 하
고, 잘 가꾼 국화 화분을 벗에게 보내기도 하였다. 박은이 시와 함
께 국화 화분을 이행에게 보내자 이행은 다음과 같이 시로 답장하
였다.

　　병든 눈 유독 꺼리는 게 많으니

　　시름겨운 창자 차마 스스로 끊으랴?

　　이 차가운 꽃은 친구의 뜻이라

　　서찰도 함께 넣어 보내었구나.

　　단지 구경하고 즐기면 그만이니

　　흐르는 세월 어찌 물을 수 있으랴?

이 삼경의 주인을 오게 하였으니[13)

술잔을 잡으매 흥이 정녕 도도해라.

病眼偏多忌　　병안편다기

愁腸忍自煎　　수장인자전

寒花故人意　　한화고인의

書札一時傳　　서찰일시전

祗可供怡悅　　지가공이열

那堪問歲年　　나감문세년

能來三徑主　　능래삼경주

把酒政陶然　　파주정도연

    －「중열이 국화 화분을 보내 주어서(仲說以盆菊見遺 중열이분국견유)」,

            『용재집』권2

이즈음 이행은 눈병이 나서 술을 끊고 있었다. 그런데 국화꽃이

한창인 계절이라, 벗 박은이 국화꽃 화분에 편지를 얹어 보내왔다.

벗이 보낸 국화꽃을 가만히 즐기노라니 눈병도 시름도 사라지고,

마침내 덧없이 흘러가는 세월에 대한 아쉬움도 사라지는 듯했다.

그리고 눈병 때문에 술을 끊었지만, 벗이 보낸 국화를 보니 술잔을

다시 잡지 않을 수 없었다. 저 도연명陶淵明이 "동쪽 울 밑에서 국화

....

13) '삼경(三徑)의 주인'이란 국화를 가리킨다. 도연명이 「귀거래사(歸去來辭)」에서 "세 갈래
　　길은 황폐해 가지만, 솔과 국화는 아직도 남았구나(三徑就荒 삼경취황, 松菊猶存 송국
　　유존)"라고 한 데서 나온 말이다.

를 따다가 그윽이 남산을 바라보네採菊東籬下 채국동리하, 悠然見南山 유연
견남산"라 노래한 이래 국화는 으레 술을 부르는 꽃이었으니 말이다.

쾌청한 가을 어느 날 벗에게 국화 화분을 보내는 박은, 여기에 국화
꽃 향기와 술 향기가 어우러진 답시를 써서 보내는 이행의 모습이
한 폭의 그림 같다.

이와 반대로 이행이 박은에게 국화를 보내자 박은이 답시를 보
낸 사연이 있다. 박은은 편지 대신 답시의 제목에 그 사연을 전하
였다.

10월 4일에 택지擇之, 이행와 술을 가지고 인로仁老, 김천령를 찾아가기
로 약속하였는데 택지가 홀연 병으로 가지 못하겠다고 하여 약속이
무산되고 말았다. 그래서 홀로 앉았노라니 마음에 감회가 이는 터에
종남산終南山의 벗님이 뜻하지 않게 국화를 보내왔다. 국화꽃을 보며
스스로 마음을 달래고 있자니 아내가 작은 쇠솥을 가져와 술을 데워
서 한편으로는 잔에 붓고 한편으로는 술잔을 권하였다. 이에 몇 잔
을 헤아리지 않고 술을 마셔 취기가 자못 올랐는데 밤은 벌써 2경更
이 되었다. 종이와 붓을 찾아 몇 구절 시를 써서 날이 밝기를 기다려
택지에게 부쳐 병중에 한번 웃음을 짓게 한다. 취중에 쓴 글씨라 소
위 답타풍기沓地風氣[14]가 자못 있다. 마지막 구절은 애오라지 장난삼
아 말한 것일 뿐이다.

벗 이행이 병이 나서 술자리 약속을 깨고 말았다. 그래서 미안한

마음에 박은에게 국화꽃을 보냈다. 병중의 벗이 보낸 국화꽃을 가만히 감상하고 있는데, 때마침 아내가 조촐한 술상을 차려 와 술을 직접 데워 권한다. 아내와 술잔을 몇 순배 돌리고 나자 따뜻한 취기가 올라 흥이 도도한데, 정작 이 꽃을 보낸 벗은 찬 이불 속에 병으로 누워 술도 마시지 못한 채 시나 읊고 있을 것 같아서 시를 써서 보낸다 하였다. 박은의 시를 읽어 보자.

노란 국화꽃을 보내와서 회포를 달래 주건만
청운의 벼슬에 사람은 멀어 만날 수가 없네.
바람은 나뭇잎에 쏴아쏴아 불며 지나가고
술은 수수한 아내더러 조금씩 잔에 붓게 한다.
만약 두 마리 게만 있으면 나는 쉬 만족하니[15]
뉘라서 한 가지 일론들 나를 귀찮게 하리오?
알겠노라, 그대 쇠처럼 차가운 이불 두르고서
잠을 이루지 못한 채 홀로 시를 읊으리란 것을.

....

14) '답타풍기'는 글씨가 늘어져 힘이 없는 것을 말한다. 원앙(袁昂)은 『고금서평(古今書評)』에 "왕자경(王子敬)의 글씨는 마치 하락(河洛) 지방의 소년들과 같아 생기발랄하고 좋지만 모든 서체가 답타(沓拖)하여 오래 보면 싫증이 난다" 하였다. 소식(蘇軾)도 「동정춘색(洞庭春色)」이라는 시의 자서(自序)에 "술 취한 뒤에 붓 가는 대로 쓰니 자못 답타풍기가 있다" 하였다.
15) '두 마리 게'는 최고의 술안주를 이른다. 진(晉)나라 필탁(畢卓)이 "오른손으로는 술잔을 잡고 왼손으로는 게를 쥐고 주지(酒池)에 배 띄워 놀면 일생이 만족스럽겠다" 한 데서 유래했다.

黃菊花來撥懷抱	황국화래발회포
靑雲人遠廢追尋	청운인원폐추심
風從木葉蕭蕭過	풍종목엽소소과
酒許山妻淺淺斟	주허산처천천짐
使有兩螫吾易足	사유양오오이족
誰將一事更相侵	수장일사갱상침
知君擁被寒如鐵	지군옹피한여철
夢不能成只獨吟	몽불능성지독음

- 『읍취헌유고(挹翠軒遺稿)』 권3

술에 취해 장난삼아 쓴 시라 했지만, 참으로 다정다감한 박은의 모습이 눈에 선한 시이다. 친구가 보내 준 노란 국화꽃을 수수한 아내-원시에서는 산처山妻라 하였다-가 따라주는 술과 함께 밤 늦도록 즐기는 다정한 모습을 시에 담아 벗에게 보냈으니, 아마도 이 시를 받은 이행은 병석에 누워서 그 모습을 상상해 보며 노란 국화꽃처럼 은은한 미소를 짓지 않았을까?

시를 지어
국화꽃 가지에 걸어 놓고 / 박은

누군가를 찾아갔는데 부재중이어서 작은 쪽지 한 장 남기고 왔던 일이 있지 않은가? 또 누군가 날 찾아왔던 이가 남기고 간 곱게 접은 쪽지를 발견하고 미소 지었던 때가 있는가? 대학에 있는 나는 이따금 졸업한 학생이 퇴근길에 우연히 학교에 들렀다가 '선생님 아무개예요. 그냥 왔다가 혹시나 하고 찾아왔는데 못 뵙고 가네요'라고 남긴 쪽지를 만날 때가 있다. 이럴 때면 반가움과 그리움에 한동안 짧은 쪽지를 읽고 또 읽으며 쪽지를 두고 간 사람의 얼굴을 그려 본다.

여기 늦은 밤 벗을 찾아갔다가 술에 취한 벗 대신에 국화꽃만 사뭇 감상하다 시 한 수 써서 국화꽃 사이에 꽂아 두고 떠난 이와 이를 뒤늦게 발견한 이가 있다.

어제 내가 우암'寓庵[16]과 함께 술을 마시고 밤이 깊어서야 집에 돌아오니 택지가 먼저 취헌翠軒, 박은의 집 읍취헌에 와서 기다리고 있었다. 내가 너무 취해 대화를 할 수 없었기 때문에 택지가 홀로 노란 국화와 푸른 대나무 사이를 배회하다가 시를 지어 꽃가지에 걸어 놓고 새벽을 알리는 북소리가 들린 뒤에야 떠났다. 이튿날 밤 내가 술이 깨어 국화꽃에서 시를 발견하고 적적하던 터에 홀로 웃음을 터뜨렸다. 그리고 그 시에 차운하여 택지에게 보내어 나의 태만을 사과한다昨日余從寓庵飮 작일여종우암음, 夜深乃還 야심내환, 擇之已先待于翠軒 택지이선대우취헌, 余醉甚 여취심, 不能對話 불능대화, 擇之獨徘徊於黃花靑竹之間 택지독배회어황화청죽지간, 留詩掛花枝 류시괘화지, 曉鼓乃去 효고내거, 明宵余酒醒 명소여주성, 菊間得詩 국간득시, 寂寂發孤笑 적적발고소, 因次韻投擇之 인차운투택지, 謝余之慢 사여지만.

박은이 벗 홍언충과 진탕 술을 마시고 집에 돌아오니 또 다른 벗 이행이 읍취헌에 와서 자신을 기다리고 있었다. 인사불성인 박은이 깨기를 기다리며 새벽까지 국화꽃 앞을 서성이던 벗 이행은 결국 시 한 수를 적어 국화꽃 사이에 꽂아 두고 떠났다. 다시 새 밤이 되어서야 겨우 정신을 차린 박은이 국화꽃 사이에서 벗이 남긴 시를 찾아 읽었다. 겸연쩍은 마음에 그도 시 한 수를 지어 보냈다.

....

16) 홍언충(洪彦忠, 1473-1508)의 호다. 자는 직경(直卿)이고 본관은 부계(缶溪)다. 예서(隷書)를 잘 썼으며, 문장이 뛰어나 정희량(鄭希良), 이행(李荇), 박은(朴誾)과 함께 당시 시가(詩家) 사걸(四傑)로 일컬어졌다.

오늘 밤이 되어서야 술이 깼는데

맑은 달빛만 빈 마루에 가득하군.

어떻게 하면 그대를 만나서

가슴속 회포를 다시 가만히 얘기할까?

今宵聊得醒	금소료득성
清月滿空軒	청월만공헌
何以逢之子	하이봉지자
胸懷更細論	흉회갱세론

국화는 온통 달빛에 휩싸여

청절한 모습 절로 사특함이 없구나.

밤새도록 그대 잠을 못 이루고서

시 지을 일 많게 한 줄 알았구려.

菊花渾被月	국화혼피월
清絕自無邪	청절자무사
終夜不能寐	종야불능매
解添詩課多	해첨시과다

마음이 술 깬 뒤에 밝아졌나니

시름겹게 차군을 대하지나 않았는지?[17]

오늘 밤에는 맑은 맛을 알 것이니

도리어 술 끊은 사람이 와야 하리라.

心從醒後皎　　심종성후교

愁對此君無　　수대차군무

今夜知淸味　　금야지청미

還須戒酒徒　　환수계주도

-『읍취헌유고』권2

　술에 취해 잠든 친구의 집 뜰, 활짝 핀 국화꽃 사이에 살며시 시를 꽂아 두고 떠난 이행, 벗이 남긴 시를 읽고서 어제 못 나눈 회포를 이 밤 다시 풀자며 초청하는 박은, 이 두 사람이 주고받은 아름다운 정경이 국화꽃 향기만큼 그윽하게 전해져 온다.

....

17) '차군(此君)'은 대나무의 별칭으로, 진(晉)나라 왕휘지(王徽之)가 늘 집에 대나무를 심어 놓고 "하룬들 차군이 없어서야 되겠는가" 하며 친근히 부른 데서 유래하였다. 소식의 시 「녹균헌(綠筠軒)」에 "밥에 고기가 없을 수는 있지만, 거처하매 대나무가 없어선 안 되지. 고기가 없으면 사람을 여위게 하지만, 대나무가 없으면 사람을 속되게 한다네(可使食無肉 가사식무육, 不可居無竹 불가거무죽. 無肉令人瘦 무육령인수, 無竹令人俗 무죽령인속)" 하였다. 이 두 구절은 '나는 이제 술이 깨어 어젯밤의 일을 알았는데 그대는 혼자 쓸쓸히 대나무를 바라보고 있지나 않은가?'라고 물은 것인데, 상대방인 이행의 집에 대나무가 있었기 때문에 이렇게 말한 듯하다.

49

사화를 겪은
매화 분재 / 이행

겨울 문인의 방에 가장 잘 어울리는 화초는 누가 뭐래도 매화 분재다. 강세황姜世晃이 그린 〈청공도淸供圖〉에도 보이듯이, 책상 위의 문방구 옆에는 괴석과 매화가 심어진 화분이 함께하여 맑고 그윽한 운치를 돋운다. 그래서 유독 겨울에는 문인들의 방에서 매화를 읊은 시문이 많이 지어졌다.

시를 주고받으며 남달리 각별한 우정을 나누었던 조선 중기의 시인 이행과 박은은 기이한 모양의 매화 분재에 얽힌 특별한 사연을 남겼다. 이행이 매화 분재를 박은에게 돌려주며 쓴 시의 제목에는 이 매화 분재의 기구한 사연이 담겨 있다.

이 매화 분재는 본래 남산의 심거사沈居士가 심은 것으로, 거사가 일찍이 허암虛庵 선생에게 주었고, 선생이 화를 입어 멀리 유배 가게 되자 거사가 선생의 벗 읍취헌挹翠軒 가야공伽耶公, 박은에게 주었다. 금년 봄 가야공이 호해湖海로 떠날 때 이를 용재容齋, 이행에게 맡겼는데, 가지와 줄기가 구불구불 서리어 들쭉날쭉 가로 비낀 형상을 하였고, 나무 가득 꽃이 피면 향기가 몹시 맑고 짙으니, 참으로 일대一代의 기이한 물건이라 하겠다. 무오년1498년 봄에 화분에 심었고 올 계해 년1503년에 이르기까지 이미 여섯 차례 꽃을 피웠으며, 중구 절重九節 사흘 전에 시를 지어 읍취헌에게 돌려주었다. 안선지安善之가 일찍이 이르기를, "이 매화는 기교奇巧가 너무 지나치니 아마도 천진天眞은 아닌 듯하다" 하였기에 아울러 희롱 삼아 언급하였다盆梅 분매, 本終南沈居士所種 본종남심거사소종. 居士曾許虛庵先生 거사증허허암선생, 而先生適被禍遠流 이선생적피화원류, 居士乃付先生之友翠軒伽耶公 거사내부선생지우취헌가야공. 今年春 금년춘, 伽耶公有湖海之行 가야공유호해지행, 屬之容齋 촉지용재. 枝幹盤屈 지간반굴, 作橫斜之狀開花滿樹 작횡사지상개화만수, 香甚淸烈 향심청열, 眞一代奇物也 진일대기물야. 戊午春上盆 무오춘상분, 至今年癸亥 지금년계해, 已經六花 이경육화. 重九前三日 중구전삼일, 以詩還翠軒 이시환취헌, 安善之嘗云 안선지상운, "此梅奇巧太過 차매기교태과, 恐非天眞 공비천진" 故垃戱及之 고병희급지.

매화 분재는 기이한 형상만큼 기이한 주인들을 만나 세 사람의 서재로 차례로 옮겨 가며 여섯 차례 꽃을 피웠다. 처음 이 매화나무를 화분에 심은 이는 남산에 사는 심거사(정확히 알려지지 않음)였는데, 그가 벗 허암 정희량鄭希良에게 이 매화 분재를 선물하였다. 정희량이 1498년 무오사화戊午士禍를 당하여 장杖 1백, 유流 3천 리의 처벌을 받고 의주로 유배될 때, 심거사는 다시 이 매화 분재를 정희량의 벗인 박은에게 보냈다. 그 후 정희량은 1500년 5월 김해로 이배되었다가 이듬해 유배에서 풀려나 직첩職牒을 돌려받았으나 대간 홍문관직에 다시 임용될 수는 없었다. 그해 정희량은 어머니가 죽자 경기도 고양에서 시묘侍墓 살이를 하다가 산책을 나간 뒤 다시는 돌아오지 않았다.

박은의 서재로 옮겨 와 여러 해를 보낸 매화 분재는 1503년 봄에 박은의 절친한 벗 이행의 서재로 잠시 옮겨졌다. 이해 중구일 사흘 전에 이행이 박은에게 시와 함께 매화 분재를 돌려준다고 하였으니, 박은이 서울을 떠나 있는 몇 달 동안 이행이 이 매화 분재를 맡은 것이라 하겠다. 박은은 1501년연산군 7년 23세 때 파직된 이후 경제적·정신적으로 불안정한 생활을 하였는데, 스스로 세속의 사람들에게 용납되지 못할 것을 알고 자연에 묻혀 밤낮으로 술과 시로 세월을 보내고 있었다. 1503년에는 어려운 가정을 힘겹게 꾸려가던 아내 신씨마저 25세의 젊은 나이로 세상을 떠나고 말았다. 이제 이행의 시를 읽어 보자.

심거사의 손에 의해 심어졌고
허암 선생께 가지라 주었었지.
마침내 읍취헌의 벗이 됐으니
절로 성색의 티끌은 없었구나.
남쪽 이웃이 너무나 탄솔하여

너를 천진이 아니라 평하였지.

오늘 저녁 이 물건을 살펴보니

작은 서재에 봄기운이 가득하네.

生從居士手	생종거사수
意許虛庵親	의허허암친
竟作翠軒友	경작취헌우
自無聲色塵	자무성색진
南隣太坦率	남린태탄솔
評爾非天眞	평이비천진
此物閱今夕	차물열금석
小齋曾一春	소재증일춘

-『용재집』권3

출생부터 비범했던 이 매화는 정희량의 손을 거쳐 박은의 맑고 깨끗한 벗이 되기에 손색이 없었다. "가지와 줄기가 구불구불 서리어 들쭉날쭉 가로 비낀" 기괴한 형상 때문에 자연스럽지 않다는 안선지의 조롱도 없지는 않지만, 최고 상품의 매화 분재임에 틀림없었다. 『산림경제』에는 "매화 분재는 매화나무로 운치와 격을 따지기 때문에 둥치가 비스듬히 옆으로 누워 가지가 성기고 앙상할 뿐 아니라 늙은 가지가 기괴하게 생긴 것을 귀하게 여긴다" 했으니, 벗 박은이 오랫동안 감상해 온 매화 분재의 품격을 알 만하다. 이행은 매화 분재를 제 주인에게 돌려주기에 앞서 마지막으로 작은

서재에 앉아 그윽이 완상하였다. 절기는 중구일 즈음이건만 매화
는 벌써 봄기운을 자아내는 것만 같았다. 매화 분재의 주인들인 정
희량과 박은은 모두 강개慷慨하고 개결介潔한 성품을 지녀, 참으로
매화의 주인으로 어울리는 이들이었다. 이행이 매화 분재를 박은
에게 돌려준 다음 해인 1504년 갑자사화甲子士禍 때에 박은은 동래
로 유배되었다가 다시 의금부에 투옥되어 26세의 젊은 나이에 사
형을 당했다. 이때 이행 역시 사화에 연루되어 충주로 유배를 갔
고, 이어 함안을 거쳐 1506년에는 거제도에 위리안치圍籬安置되었
다. 이 매화 분재가 너무나 기괴하여 '천진을 잃은 듯하다'고 했던
안선지 역시 갑자사화가 일어난 지 넉 달 뒤 병으로 세상을 떠나고
말았다. 남산의 심거사, 정희량, 박은, 이행, 다시 박은의 서재로
옮겨 가며 여섯 해 동안 어김없이 맑고 그윽한 꽃망울을 터뜨렸던
이 매화 분재는 그 후 어떻게 되었을까? 사람만 사화를 겪은 것이
아니라 매화 분재 또한 주인과 더불어 사화를 겪은 셈이니, 기이한
모습만큼이나 기구한 매화의 유전流轉이라 하겠다.

　요즈음은 글쓰기를 업으로 삼고 있는 이들이라 해도 좀처럼 방에
매화 분재를 둔 모습을 찾아보기 어렵다. 먹 향기 번지는 방에서 한
겨울 추위를 이기고 피워 낸 매화의 꽃망울이 살그머니 전하는 맑
은 향기를 맡으며, 자신의 내면과 삶을 반추해 보는 문인들의 모습
은, 아득한 옛 그림의 한 장면이 되고 말았다. 컴퓨터 자판을 두드
리며 이 글을 쓰는 연구실에서는 가당찮은 운치이다. 그러니 사람
들은 때 되면 그리도 매화를 찾아 남녘으로 몰려가는 것이리라.

서쪽으로 떠난
스님에게 / 최경창

　조선 중기 당풍唐風의 시를 잘 쓴 것으로 이름난 삼당시인三唐詩
人[18] 중 한 사람인 최경창崔慶昌, 1539-1583이 어느 깊은 가을날 성
진性眞 스님을 찾아갔다가 만나지 못하고 남긴 시가 있다. 모처럼
성진 스님을 찾아가 보니, 스님은 흰 구름 사이에 암자만 남겨 두
고 어디론가 구도求道의 길을 떠나고 없다. 낙엽 지고 비 내리는 가
을밤 암자에 홀로 머물게 된 최경창은 쓸쓸히 찬 경쇠 소리를 들으
며 스님에게 한 수 시를 적어 남겼다.

　　띠풀 암자를 흰 구름 속에 붙여 두고서

　　스님은 서쪽으로 떠나 돌아오지 않네.

　　누른 낙엽이 날리고 성긴 비 지나갈 때

　　홀로 찬 경쇠를 두드리며 가을 산에 자네.

---

18) 조선 중기의 세 시인 백광훈(白光勳), 최경창, 이달(李達)을 일컫는 말로, 이들은 관념적
　　이고 이지적인 송시(宋詩) 대신, 흥취와 여운을 중시하는 낭만적인 당시(唐詩)를 잘 썼다.

茅菴寄在白雲間　　모암기재백운간

丈老西遊久未還　　장로서유구미환

黃葉飛時踈雨過　　황엽비시소우과

獨敲寒磬宿秋山　　독고한경숙추산

　　　　　－「성진 스님에게(寄性眞上座僧 기성진상좌승)」,
　　　　　　　　　　　　　　　『고죽유고(孤竹遺稿)』

　성진 스님은 최경창과 상당한 친분 관계를 맺었던 스님인 듯 『고죽유고』에는 최경창이 성진 스님에게 주는 시가 두 편 더 실려 있다.

　제자는 남으로 떠나 오랫동안 돌아오지 않고

　바위 문만 흰 구름 가에 늘 열려 있네.

　석양이 진 뒤 홀로 찬 경쇠 소리 듣고 있자니

　빈 뜨락에 부슬부슬 가을비가 내린다.

弟子南遊久未廻　　제자남유구미회

巖扉長傍白雲開　　암비장방백운개

獨敲寒磬夕陽後　　독고한경석양후

空院蕭蕭秋雨來　　공원소소추우래

　　　　　－「성진 스님에게(贈僧性眞 증승성진)」,『고죽유고』

　지난해 비 내리는 절간에 배를 대고서

강가에서 꽃을 꺾어 주며 길 떠나는 이를 전송했었지.

산 스님은 이별의 아픔일랑 상관없어

문 닫고 무심하게 또 한 봄을 보내네.

去歲維舟蕭寺雨　　거세유주소사우

折花臨水送行人　　절화임수송행인

山僧不管傷離別　　산승불관상리별

閉戶無心又一春　　폐호무심우일춘

－「성진 스님에게(贈性眞上人 증성진상인)」『고죽유고』

그대 묻힌 언덕에
봄풀이 무성하겠지 / 권필, 이안눌

월사月沙 이정구李廷龜가 권필權韠, 1569-1612을 제술관製述官으로
천거할 때 선조宣祖에게 읊어 드려 더욱 유명해진 시가 있다. 선조
는 권필의 시를 다 듣고 나서 "석주石洲, 권필의 호와 구(구용)의 사귐
이 얼마나 깊으면 시어가 이처럼 슬픈가?"라고 감탄하였다 전한
다.[19] 국왕조차 눈물짓게 한 권필과 구용具容, 1569-1601의 우정이
고스란히 녹아 있는 권필의 시를 먼저 읽어 보자.

　이승과 저승이 아득해 만날 길 없더니

　한바탕 꿈이 은근해도 진짜는 아니겠지.

　눈물 닦으며 산을 나서 갈 길을 찾으니

　새벽 꾀꼬리 울며 홀로 가는 사람 보내네.

....

19) 이상은, 남용익의 『호곡시화』 참조. 1601년(선조 34년) 겨울, 중국 사신이 왔을 때 권필
　은 원접사(遠接使) 이정구의 천거로 제술관이 되어 수행하며 6개월을 의주에서 보냈다.
　당시에 이안눌(李安訥), 홍봉서(洪瑞鳳), 차천로(車天輅) 등이 함께 원접사의 막료가 되
　었는데, 모두 권필에게 으뜸 자리를 양보하였다 한다.

幽明相接杳無因	유명상접묘무인
一夢殷勤未是眞	일몽은근미시진
掩淚出山尋去路	엄루출산심거로
曉鶯啼送獨歸人	효앵제송독귀인

-『석주집(石洲集)』권7

시의 제목은 「양주楊州의 산속에서 구김화具金化의 상구喪柩에 곡하고 날이 저물었기에 유숙하고 날이 밝자 산을 나왔다. 이날 밤 꿈속에서 구김화를 만났는데 평소와 같았다哭具金化喪柩于楊州之山中 곡구김화상구우양주지산중, 因日暮留宿 인일모류숙, 天明出山 천명출산, 是夜夢金化 시야몽김화, 如平生 여평생」이다. 제목 그대로 이 시는 권필이 절친한 벗 구용을 양주 산속에 묻고 돌아오는 길에 쓴 시이다. 한순간에 이승 과 저승으로 나뉘어 이제 다시는 볼 수 없는 벗을 땅에 묻은 날 밤, 꿈속에 나타난 벗이 어찌나 생생하던지 벗의 죽음이 믿기지 않는 다. 일찌감치 잠 깨어 새벽 산을 나서니 어디선가 꾀꼬리 울음소리 곱게 들려오는데, 그 소리는 홀로 눈물을 훔치며 돌아가는 시인을 전송해 주는 벗의 넋인 듯싶다.

구용을 잊지 못하는 또 한 명의 벗이 있었으니, 이안눌李安訥, 1571-1637이 그다. 권필은 구용을 잃은 뒤 어느 비 내리는 가을밤 벗 이안눌에게 이런 시를 보냈다.

벗들은 영락해 살아남은 이가 없으니

인간만사 그저 애간장이 끊길 뿐.

묻노니 오늘같이 비바람 치는 밤

그대는 구능원을 또 꿈속에서 보았는가?

親知零落已無存　　친지영락이무존

萬事人間秪斷魂　　만사인간지단혼

爲問如今風雨夕　　위문여금풍우석

也能重夢具綾原　　야능중몽구릉원

　－「도망, 이자민에게 부쳐 보이다(悼亡 도망, 寄示李子敏 기시이자민)」,
　　　　　　　　　　　　　　　　　　　　『석주집』 권7

　　권필은 이 시 아래 "이안눌이 일찍이 '밤비 내리고 등잔은 가물
거리는데 구용을 꿈에 보았네(夜雨燈殘夢具容 야우등잔몽구용)'라는 시구
를 읊었기 때문에 이렇게 말한 것이다"라 하였다. 이안눌에 의하
면, "임진년(1592년) 가을에 관북 땅에서 왜란을 피하고 있을 적에 대
수(大受, 구용의 자)의 꿈을 꾼 적이 있었다. 때마침 밤비가 부슬부슬 내
리고 등불은 가물가물하여 마음에 느꺼운 감정이 일어 시구를 지
어 기록하였기에 여장(汝章, 권필의 자)이 이 일을 추념하여 시를 지어
보였다. 내가 인하여 그 시에 화답하였다"[20] 했다. 이로써 "밤비 내
리고 등잔은 가물거리는데 구용을 꿈에 보았네"라는 구절이 바로

----

20) 『동악선생집(東岳先生集)』 권22, 「습유록상(拾遺錄上)」, 「곡대수(哭大受), 차여장운(次汝章韻)」 아래 주석 "壬辰秋, 避倭亂關北, 嘗夢大受. 時夜雨妻妻, 燈火明滅, 有感於心, 作句以記. 故汝章追念此事, 爲詩見示, 余因和之" 참조.

이안눌이 임진왜란 중에 벗 구용과 헤어져 있을 때 그를 향한 그리움을 읊은 시구임을 알 수 있다. 그때 그들의 나이는 20대 초중반이었는데, 그로부터 8년 여의 세월이 흐른 후에 구용은 먼저 저세상으로 가고 말았다. 그 옛날 이안눌이 구용을 꿈에 본 그날처럼 비바람이 치는 밤, 그대 이안눌도 나 권필도 구용을 그리워하다 잠들면 꿈속에서 또 구용을 만날 수 있겠지 하였다.

권필의 위 시에 차운하여 답장으로 쓴 이안눌의 시를 함께 읽어 보자.

하늘 끝이라 남은 벗들 보이지 않는데
가을비 내리는 등불 앞 꿈속 넋만 괴로워.
오늘 옛 시구를 찾아내어 그대를 곡하니
슬프다! 그대 묻힌 언덕에 봄풀이 무성하겠지.

天涯不見故人存　　천애불견고인존
秋雨燈前惱夢魂　　추우등전뢰몽혼
今日哭君尋舊句　　금일곡군심구구
可憐春草滿丘原　　가련춘초만구원

― 「여장의 시에 차운하여 대수를 곡하다
(哭大受 곡대수, 次汝章韻 차여장운)」, 『동악선생집(東岳先生集)』 권22

젊은 날 생전의 구용을 그리며 자신이 썼던 시구를 떠올리면서, 이제는 저세상 사람이 되고 만 벗을 눈물로 부르고 있다. 이제는 정녕 꿈속에서나 볼 수밖에 없기에 그리움은 더욱 애절하다. 하지만 그 애절한 그리움을 함께 나눌 수 있는 벗이 아직 남아 있어 더욱 아름다운 우정이다.

그리운 벗 구용은 이따금 권필과 이안눌의 꿈에 나타나 새로운 시상을 불러일으키기도 하였다. 권필은 어느 밤 꿈에서 구용을 만났다. 생전의 모습 그대로의 벗은 생전에 그랬던 것처럼 권필에게 충고를 하였다. "처세를 조심하게나. 처세는 참으로 매우 어려운 것. 진실로 제 뜻대로 자적한다면, 삶과 죽음이 같은 것이라오." 이렇게 말하고서 금세 보이지 않기에, 권필은 일어나 앉아 눈물을 줄줄 흘리며 "어이하여 나는 지기를 잃고, 백발의 몸으로 세상에 남았는가?"[21] 하며 탄식하였다. 그 옛날 임진년에 권필과 구용은 화의和議를 주장하여 나라를 그르친 죄로 유성룡柳成龍과 이산해李山海의 목을 벨 것을 청하는 상소를 함께 올렸다. 벗 구용은 간신의 발호와 전란으로 피폐해진 산야 등에 대해 비통한 마음으로 노래하였고, 생업을 잃고 탐관의 핍박으로 떠도는 백성의 아픔을 읊었던 시인이었다. 그런 구용이었기에 누구보다도 강개한 성품을 지닌 권필을 잘 알아주었던 것이다.

권필은 몇 차례 벼슬에 제수된 적도 있으나 나가지 않고 주로 서울의 현석촌과 강화를 오가며 살았는데, 나중에는 모든 교유를 끊

----

21) 『석주집』 권1, 「구용을 꿈에 보고(夢具容 몽구용)」 "(전략) 昨夜來入夢, 彷彿平生顔. 戒我愼處世, 處世良獨艱. 苟能適其適, 死生同一般. 轉輾忽不見, 起坐淚潺湲, 奈何失知己, 白首留人間" 참조.

고 오직 이안눌, 이춘영李春英, 조위한趙緯韓 등 몇몇 마음 통하는 지인들만 만났다. 마침내 1611년광해군 3년 임숙영任叔英이 과거 대책對策[22]에 광해군의 잘못을 비판하는 글귀를 써서 급제가 취소되었다. 이듬해 권필은 이 일을 풍자하는 「궁류시宮柳詩」를 지었다가 친국을 당하고 유배를 당했는데, 그해 4월 7일 숭인문 밖 민가에서 생을 마쳤다. 아! 꿈속에서 찾아온 구용은 이러한 권필의 마지막을 미리 알았던 것일까?

....

22) 조선 시대에 정치나 행정에 관한 문제를 제시하고 그 대책을 논의하게 하였던 과거 시험 과목을 말한다.

취옹醉翁과 시옹詩翁의
수창 / 이안눌, 권필

선조 임금을 울린 우정의 시인 권필과 이안눌이 일으킨 작은 소동
을 소개하고자 한다. 먼저 이안눌이 남긴 짧은 편지부터 읽어 보자.

> 12월 26일은 권여장權汝章, 권필의 생일이었다. 술상을 차
> 려 놓고 내게 마시러 오라고 했으나 병으로 가지 못하다가,
> 밤이 깊어 홀로 누웠노라니 무료하여 애써서 병든 몸을 일
> 으켜 갔네. 가서 보니 그대는 이미 몹시 취해서 깊이 잠들
> 어 일어나지 않는데, 좌우에는 사람이 없고 비파를 타는 악
> 공만 곁에 있었네. 그래서 그에게 한 곡조 타게 하고 절구를
> 남겨 두고 떠나 왔네.

이안눌은 권필의 생일잔치에 초대를 받았으나 밤이 깊어서야 축
하하러 갔다. 이안눌은 마침 병석에서 막 일어난 처지라 술도 멀리
하고 있었다. 애써 몸을 추슬러 권필의 집에 당도하고 보니 한밤
의 풍류는 절정을 지났고 주인 권필은 이미 술에 취해 잠들어 있었

다. 함께 술자리를 하던 이들도 모두 돌아가고 비파를 타는 악공만
이 취한 권필의 곁을 지키고 있기에, 이안눌은 가만히 한 곡조 비
파 연주를 듣고서 위의 편지를 써 두고 떠났다. 거기에 다음의 시
도 한 수 얹었다.

> 오늘 아침 병석에 누워 술동이 멀리했다가
> 애써 일어나 찾아오니 밤이 깊어 갈 무렵.
> 서글퍼라! 취옹이 한창 깊이 잠들었으니
> 비파 한 곡조에 등잔 불빛만 침침하네.
>
> 今朝臥病阻淸尊　　금조와병조청준
> 强起來尋夜欲分　　강기래심야욕분
> 惆悵醉翁眠正熟　　추창취옹면정숙
> 琵琶一曲小燈昏　　비파일곡소등혼

다음 날 아침 깨어난 권필이 이안눌의 편지와 시를 발견하였다.
그리고 답장으로 이안눌의 시에 차운하여 한 수 시를 써 보냈다.

> 주현의 맑은 선창[23)]이 금준[24)]을 상대하니

---

23) 주현(朱絃)의 맑은 선창(先唱). 『예기(禮記)』 「악기(樂記)」에 "청묘의 슬은 붉은 현으로 되
어 있고 소리가 느릿하여서 한 사람이 선창하면 세 사람이 화답하여 여음(餘音)이 있다
(淸廟之瑟 청묘지슬, 朱絃而疏越 주현이소월, 壹唱而三嘆 일창이삼탄, 有遺音者矣 유유
음자의)" 했다. 상대방의 시를 높여서 이르는 말이다.

한밤의 풍류가 십분 절정에 이르렀네.

아쉬워라, 시옹이 흥을 타고 왔건만

주인은 술 취해 벌써 정신이 혼몽하였으니.

朱絃淸唱對金尊　　주현청창대금준

一夜風流抵十分　　일야풍류저십분

却恨詩翁乘興到　　각한시옹승흥도

主人沈醉已昏昏　　주인침취이혼혼

－「자민의 절구에 화답하다(和子敏絶句 화자민절구)」, 『석주집』 권7

　　생일상 주흥酒興에 취해 깊이 잠든 자신을 벗이 취옹醉翁이라 한
데 대해, 잠든 벗을 곁에 두고 비파 연주 한 곡조에 시흥詩興까지
즐긴 벗을 시옹詩翁이라 하며 대구를 맞췄다. 취옹의 술기운과 시
옹의 시적 여운이 절로 멋진 화음을 이루어, 두 시를 읽는 이로 하
여금 우정의 맛에 흠뻑 취하게 한다.

24) '금준(金尊)'은 금으로 된 술동이로, 술동이를 아름답게 이르는 말이다. 이백(李白)의 「제
　　금릉왕처사수정(題金陵王處士水亭)」에 "청옥 대자리를 소제하고, 나를 위해 금준을 놓
　　아두라(掃拭靑玉簟 소식청옥점, 爲余置金尊 위여치금준)"라는 구절이 나온다.

가을에 부치는
매화 가지 / 김창협

남조南朝 송宋나라 때 강남에 가 있던 육개陸凱가 매화 가지 하나
를 꺾어 칠언절구 한 수와 함께 역사驛使 편에 장안에 있는 범엽范曄
에게 보내어 진한 우정을 표한 일이 있었다. 이로 인해 매화 가지
는 멀리 헤어져 있는 절친한 벗이 보내는 소식으로 이해되었다. 나
이가 비슷하여 형제처럼 친구처럼 지낸 9촌 조카에게 어느 가을날
매화 가지 하나를 시와 함께 부친 이가 있다.

9월 21일 새벽에 꿈을 꾸었는데, 뜰 안에 큰 매화나무가 있
어 꽃이 만발하였다. 그래서 바라다보면 마치 하얀 눈이 소
복이 내린 것 같았는데, 간간이 바람에 떨어지는 꽃잎이 있
었다. 나는 홀연히 사흥 형제와 오랫동안 멀리 떨어져 만나
지 못한 것이 생각나서 꽃가지 하나를 꺾고 시를 지어 함께
보냈다. 잠에서 깨어 그 시를 골똘히 생각한 끝에 '만발한
꽃 바람에 지니 정겨운 사람 그리워萬點風吹思殺人 만점풍취사
쇄인'라는 구절이 떠올랐는데, 이 구절은 두보의 시구와 너

무도 비슷하였다. 그래서 고치려고 하던 참에 방 앞에 차가
운 가을 달이 휘영청 비치는 것을 보고는 마음이 매우 서글
퍼져서 앞의 시구를 가지고 칠언절구 한 수를 지었는데 꿈
속에서 지은 시와 아주 흡사하였다. 이 시가 도착하는 날 사
흥은 꿈속에서 이 시를 받아 볼까, 현실에서 받아 볼까? 매
화를 받아 볼 수 있을까, 받아 보지 못할까? 나는 사흥에게
이 의문들에 대한 대답을 적어서 천리 먼 곳의 나에게 한바
탕 실소거리를 띄워 주도록 부탁했다.

어젯밤 매화 피니 나무에 봄이 가득

매화 가지 꺾어 들고 멀리 그리움 전하고파.

강남에서 보냈을 역사는 언제나 찾아올까?

만발한 꽃 바람에 지니 정겨운 사람 몹시도 그립네.

昨夜梅花滿樹春　　작야매화만수춘

攀花遠欲寄情親　　반화원욕기정친

江南驛使歸何日　　강남역사귀하일

萬點風吹思殺人　　만점풍취사쇄인

－『농암집(農巖集)』 권1

　　이 시를 보낸 이는 농암農巖 김창협金昌協, 1651-1708이고, 받은 이
는 그의 조카뻘 되는 김시걸金時傑, 1653-1701이다. 김창협이 그리워
하는 사흥 형제란 김시걸과 김시보金時保, 1658-1734로, 이들은 9촌

숙질간이었지만 이웃에 살며 형제나 친구처럼 어울렸던 사이다. 김시보는 "나는 북산(북악) 아래 나서 자랐는데 공(김창협의 아우 김창업을 이름)의 형제들을 좇아 독서하고 강학하기를 봄가을로 기약하였다. 청풍각清風閣과 세심대洗心臺 사이에서 대개 많이 모였는데, 간혹 술과 음식을 마련하여 거문고를 연주하고 시를 짓는 것을 즐거움으로 삼았다"라 하였다. 또 김창협도 이들 형제의 청풍계清風溪를 찾아가 "그대 집이 내 집과 다름없어라"라고 하였다.

위 시는 1674년 갑인예송甲寅禮訟[25] 때 부친 김수항金壽恒이 영암으로 유배된 뒤 김창협은 영평永平, 경기도 포천의 옛 이름의 응암鷹巖에 은거하고, 김시걸, 김시보 형제 역시 세상의 화를 피하기 위해 1679년 보령에 있는 섬 모도茅島로 옮겨 가 살 때 보낸 것으로 보인다.

김창협은 서늘한 가을밤 꿈에서 깨어났다. 꿈속에서는 매화꽃이 하얀 눈이 내린 것처럼 만발해 있었다. 흩날리는 꽃잎에 문득 오랫동안 만나지 못한 김시걸 형제가 떠올라 시 한 구절을 지어 본다. 그러다 깨어 보니 방 앞에는 가을 달만 휘영청 비추고 있다. 꿈속에서 읊은 시 구절이 생생하게 떠올라 시상을 완성하여 한 수 시를 멀리 김시걸 형제에게 부쳐 본다. 시 속에는 벌써 매화꽃이 만발하여 봄바람에 흩날린다. 매화꽃같이 하얀 그리움이 휘영청 밝은 가을 달밤에 꽃잎처럼 날린다.

---

25) 1659년 효종 승하 시(기해예송)와 1674년 효종비(妃) 승하 시(갑인예송)에 인조의 계비인 자의대비의 복제 문제를 두고 일어난 논쟁으로, 이 논쟁은 이념 대립으로 격화되었다.

보문암의
인연 / 김창협

살다 보면 가끔은 예기치 않은 절묘한 해후가 있기도 하다. 애써 만나려 하지 않아도, 또 억지로 인연을 이으려 하지 않아도 자연스럽게 만나고야 마는 그런 특별하고 기이한 만남. 20년이라는 긴 세월이 흐른 뒤, 우연인지 인연인지 다시 만난 스님과 문인의 사연이 한시와 함께 전해지고 있어 소개하고자 한다.

농암 김창협은 1699년 봄49세 형님 김창집金昌集의 임소인 강화도(전해 11월에 김창집이 강도江都 유수留守로 부임해 있었다)를 찾아갔다가 풍광이 아름답다고 알려진 교동 앞바다의 보문암普門菴을 찾게 되었다. 그런데 그곳 보문암에서 20년 전 한 절에서 만났던 스님을 다시 만났는데, 우연인지 인연인지 20년 전 그 스님을 만났던 절 이름 역시 보문암이었다. 농암은 이날의 사연을 다음과 같이 자세히 적고 시 한 수를 지어 다시 만난 스님에게 작별 선물로 주었다.

지난 기미년1679년, 29세에 나는 영평 백운산白雲山 기슭에 있었다. 하루는 백씨伯氏와 함께 소를 타고 보문암을 찾았는데, 마침 흡연翕然이라는 이름의 승이 승도 10여 명과 함께 정진회를 열고 있었다. 나는 그때 밤새도록 들리던 선송禪誦 소리가 마음에 들어 오래도록 잊지 못하였다. 지금 백씨를 따라 강도江都에 왔다가 우연히 해상海上의 보문암이 경치가 매우 아름답다는 소리를 듣게 되었다. 그래서 백씨와 함께 배를 타고 찾아와 보니 흡연 대사도 마침 이곳에 있었다. 20년 만에 예기치 못한 곳에서 그를 다시 만난 데다 암자의 이름도 보문암이니, 참으로 기이한 일이다.

대사는 보관하고 있던 『전등록傳燈錄』[26]을 꺼내어 표지에 쓴 글자를 가리키며 "공의 필적입니다" 하였다. 당시에 우리는 이것을 훗날 다시 만나게 될 증표로 삼았는데, 이제 과연 증험이 된 것이다. 나는 처음에 그것을 보고 어찌된 영문인지 몰라 어리둥절하다가, 한참 생각한 끝에 번쩍 꿈에서 깨어난 것 같았다.

스스로 생각건대, 나는 본디 세상에 나갈 뜻이 없고 대사는 매인 곳 없이 인연 닿는 대로 떠도는 형편이니, 훗날 또 어디에서 해후하게 될지 모르겠다. 오늘처럼 다시 해후할 수 있을까? 감탄하던 끝에 시 한 수를 지어 간직하고 가라고 승에게 주는 바이니, 훗날 또 증험이 될지 보아야겠다.

....

26) 중국 송나라의 도언(道彦)이라는 스님이 엮은 불교 서적. 석가모니 이래 여러 조사(祖師)들의 법맥(法脈)과 법어(法語)들을 모아 엮은 것으로, 모두 30권으로 되어 있다.

소를 타고 흡공 찾아 보문암에 갔던 기억

백운산에 독경 소리 한밤중에 울렸었지.

놀라워라 먼 바다서 다시 그를 만난 지금

괴이하기도 하지, 정사 또한 옛 암자와 이름 같네.

불경의 표지 글씨 예전 모습 그대론데

손에 든 버들가지 봄바람 몇 번이나 거쳤는가?[27)]

죽기 전에 내 다시 여기 올 수 있을까?

흡공이 이 다음에 행여 동쪽으로 찾아올까?

每憶騎牛過翕公	매억기우과흡공
夜聞禪誦白雲中	야문선송백운중
忽驚絶海相逢再	홀경절해상봉재
更怪精廬舊號同	갱괴정려구호동
貝葉題籤如昨日	패엽제첨여작일
楊枝在手幾春風	양지재수기춘풍
殘生未卜重來此	잔생미복중래차
甁錫他時倘復東	병석타시당부동

－『농암집』권6

....

27) 두보의 시 「별찬상인(別贊上人)」에서 "버들가지 새벽에 손에 있더니, 가을비에 콩알이
하마 익었네(楊柳晨在手 양류신재수, 豆子雨已熟 두자우이숙)"라고 하여, 찬상인과 헤
어진 뒤로 계절이 여러 번 바뀐 것을 노래하였는데, 흡연도 찬상인처럼 불자이므로 이
를 인용하여 그와 헤어진 이후 많은 세월이 흘렀음을 말한 것이다.

72

20년 전이면 농암의 나이 29세로 인생의 장년기라 할 만한 때였다. 그러나 그해 8월에 농암은 서울을 떠나 영평 응암에 집을 짓고, 11월에 그곳으로 가족을 데리고 들어갔다. 갑인년 예송 논쟁에서 서인이 패하자 영의정이었던 백부 김수흥金壽興이 조정에서 쫓겨났다. 그 뒤를 이어 좌의정에 임명된 부친 김수항 역시 영암, 철원으로 유배되자 맏아들인 김창집은 과거를 포기하고 영평의 백운산 아래로 가족을 데리고 들어갔다. 이때 농암 역시 영평 응암으로 들어갔던 것이다. 농암은 '깊고 그윽하며 맑고 트인' 곳인 응암을 장수유식藏修游息[28] 할 곳이라 여기고, 몸소 작은 집을 지어 육경을 모두 쌓아 두고 새벽부터 밤중까지 외고 읊어 성현의 유지遺旨를 구하였다. 또 한가할 때는 거문고를 타고 시를 지어 성정性情을 노래하고, 나른해지면 높은 산에 오르고 깊은 물에 이르러 끝없이 흐르는 강물과 변화무쌍한 구름과 안개, 오가는 새나 물고기, 짐승을 바라보면서 제 뜻을 펼쳤다. 이렇게 농암이 한창나이에 정쟁政爭의 소용돌이를 피해 조용히 은거했던 곳이 바로 백운산 자락이었다.

그해 겨울, 눈이 하얗게 내리다 맑게 갠 어느 날이었다. 마을 노인이 소를 타고 찾아와 백운산 겨울 산행을 재촉하였다. 마을 노인의 길 안내를 받으며 두 형제가 소와 말을 타고 꽁꽁 언 계곡 길을 휘돌아 보문암이라는 절에 도착했는데, 마침 흡연이라는 스님이 10여 명의 승도를 거느리고 정진회를 열고 있었다. 바닷가 암자에

---

28) 공부할 때는 물론 쉴 때도 학문 닦는 것을 항상 마음에 둠을 말한다.

서 흡연 스님을 다시 만나니 눈 덮인 산사에서 밤새도록 들리던 선
송 소리, 스님과 나눈 고담高談 그리고 정표로 써 주었던 불경에 남
긴 글씨까지 20년 세월을 순식간에 거슬러 그 겨울밤의 추억이 오
롯이 되살아났다.

　흡연 스님은 언젠가 농암을 다시 만날 줄 알았던 것일까? 농암
의 필적이 고스란히 남은 낡은 『전등록』을 꺼내 든 흡연 스님도, 그
책을 얼른 알아보지 못한 농암도 흐르는 세월 앞에서 한동안은 망
연했으리라.

　연보에 따르면 농암이 형님을 모시고 강화도의 보문암으로 유람
을 간 때는 한창 봄기운이 완연한 4월이었다. 바다가 한눈에 굽어
보이고 꽃 피는 계절의 강화도 보문암이 뜻밖의 만남으로 인해 일
순간에 흰 눈 뒤덮인 백운산 보문암으로 바뀌었던 셈이다. 『농암
집』에는 20년 전 농암이 백운산 보문암에서 하룻밤 유숙하며 지은
시가 또한 남아 있어, 앞의 시와 함께 그 옛날의 정경을 그려 볼 수
있다. 시의 제목은 「눈 내린 뒤에 마을 노인 김공 성대가 소를 타고
왔다. 그와 함께 백운산을 찾아갔다가 보문암에서 유숙하는데 흡
연 스님이 그의 승도들과 함께 강회를 열고 있었다雪後 설후, 村老金公
聲大 촌로김공성대, 騎牛來過 기우래과, 同訪白雲山 동방백운산, 宿普門菴 숙보문암,
有僧翁然方與其徒開講 유승흡연방여기도개강」이다.

　　씨늘한 산 아침에 하늘이 개어

　　눈 들어 바라보니 아련한 흥취.

그대가 소를 타고 아니 왔던들

말고삐 어찌 함께 몰고 왔겠나?

산길은 언 시냇가 따라서 휘돌고

암자는 흰 봉우리 향해 트였네.

우연히 고승 만나 토론하느라

돌아가지 못하고 지새는 이 밤.

寒山朝霽好	한산조제호
一望興悠哉	일망흥유재
不有騎牛過	불유기우과
那成並馬來	나성병마래
路侵氷澗轉	로침빙간전
菴對雪峯開	암대설봉개
偶値高僧講	우치고승강
因之宿未迴	인지숙미회

- 『농암집』권1

눈이 그친 뒤 맑고 찬 겨울 공기를 가르며 소와 말을 타고 백운산을 오르는 모습, 스님과 한방에 앉아 담소를 나누며 긴 밤을 지새우는 농암의 모습이 눈에 선하게 그려지는 시이다. 농암은 세상에 다시 나갈 뜻이 없고, 흡연 스님은 매인 곳 없이 인연 닿는 대로 떠도는 형편이라 하였으니 훗날 또 어딘가에서 두 사람이 해후하였을지도 모를 일이다. 오직 농암이 두 보문암에서 남긴 한시만이 두 사람의 특별한 인연을 전해 줄 뿐이다.

소복소복 흰 눈이 쌓인 겨울 어느 날, 어느 산 어느 암자에라도 올라 잠깐 툇마루에 앉아 풍경 소리며 바람 소리, 또 불경 외는 소리를 듣고 싶게 하는 시이다.

매화꽃과 추기도秋氣圖
그리고 연꽃 벼루 / 송문흠

"이원령李元靈은 기이한 선비다. 원령은 비쩍 마르고 목이 길고 수염과 눈썹은 적고 얼굴에는 기미가 잔뜩 끼었다. 매양 산보하면서 소리 높여 시를 읊조리매 멀리서 바라보면 그 모습이 마치 학같았다."

위 글은 김종수金鍾秀가 조선 후기 서얼 출신 문인화가 이인상李麟祥, 1710~1760을 두고 이른 말이다.

이인상은 시와 그림에 능했고 특히 전서篆書에 뛰어났는데, 그의 그림 〈검선도劍仙圖〉와 〈설송도雪松圖〉가 지금도 널리 알려져 있다. 이인상은 자가 원령元靈이고, 호는 능호관凌壺觀, 보산자寶山子다.

어느 겨울, 이인상의 집이 추워서 기르던 매화 분재가 거의 얼어 죽게 되었다. 그러자 그는 벗 송문흠宋文欽에게 매화나무를 보내 겨울 동안 갈무리하게 하였다. 다음 해1741년 정월 11일, 비로소 매화꽃 두어 송이가 피려 할 때 마침 이인상이 송문흠에게 〈추기도秋氣圖〉 소폭을 보냈다. 그러자 송문흠은 다음의 시를 써서 사례하고 이인상에게 꽃구경 오기를 청하였다.

오늘 아침 기쁜 일로 한 해가 시작되었으니

매화꽃을 마주하고서 그대의 그림을 펼쳤네.

가을바람이 쳐들어와 꽃을 다칠까 싶어

매화 곁에 가까이 걸어 두지 않았네.

今朝喜事今年始　　금조희사금년시

對著梅花展君畵　　대저매화전군화

秋風卻恐侵花損　　추풍각공침화손

不向梅花傍近掛　　불향매화방근괘

- 『한정당집(閒靜堂集)』 권1

　벗이 맡겨 둔 매화 분재에서 일찌감치 꽃송이가 맺혀 올해 정월
은 유난히 기쁜 일로 시작하는가 싶은데, 때마침 그림 잘 그리는 벗
이 작은 그림 한 폭을 선물로 보내왔다. 그런데 그 그림은 흠씬 가
을 풍경이 담긴 〈추기도〉다. 얼마나 가을 기운이 생생했으면 이 그
림을 매화 분재 곁에 가까이 걸어 두면 꽃이 시들까 싶다고 했다.

　이인상이 벗 송문흠에게 그려 보냈다는 그림 〈추기도〉는 지금
전해지지 않고 다만 이 편지시만 남아, 추운 겨울날 방 안에서 매
화꽃을 마주하고 앉아 가을 풍경이 담긴 작은 그림 한 폭을 감상하
고 있는 한 문인의 정경을 그려 볼 수 있게 한다.

　그림 잘 그리는 이인상에게는 단양의 산수를 좋아하여 자호를
'단릉산인丹陵山人'이라 붙인 벗 이윤영李胤永이 있었는데, 그 역시
그림을 잘 그렸다. 물론 송문흠과도 친했다. 이윤영이 붓으로 장난

할 적에 연꽃 그리기를 좋아해, 송문흠은 그의 뜻을 알고서 이윤영이 쓰는 벼루에 연꽃 연못이라는 뜻의 '부용지芙蓉池'라는 이름을 새겨 주었다.

그 흙은 검은 땅이니
검은 물이 고여 있다.
이 선생이 그 밭을 가니
그 꽃은 연꽃이로구나.
진흙에서 나왔으나
깨끗해서 물들지 않았고
흐린 세상을 벗어났으니
너를 보면 떠오르는 느낌.

厥土黑壤	궐토흑양
黎水攸漸	려수유점
李子耕之	이자경지
厥華菡萏	궐화함담
出乎淤泥	출호어니
嚼而不染	작이불염
超然濁世	초연탁세
將子有感	장자유감

— 『한정당집』 권7

검은 흙으로 빚은 까만 벼루에 검은 먹을 갈아 검은 먹물을 찍어 하얀 종이 위에 연꽃을 그리니, 그 연꽃이야말로 진흙 속에 핀 연꽃인 양 맑고 깨끗하여 더러운 이 세상을 벗어난 듯싶다. 그런 친구의 뜻을 알아준 송문흠은 친구의 벼루에 이름을 새겼다. 또 송문흠은 이윤영의 붓통과 문진에도 이름을 남겼다.

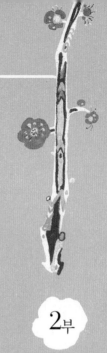

2부

병들고 가난하더라도
함께 늙어 가요

얼마 전에 대학 동기 한명이 SNS에 고운 사진 한 장을 올렸다. 처음에는 사진 속에 있는 것이 비단 이불인가 했는데, 사진을 올린 친구의 글에 의하면 시어머님이 새댁 시절 입었던 다홍색 치마를 펼쳐 놓고 찍은 것이란다. 시집올 때 다홍색 치마에 노란 저고리를 받았는데, 이제는 그녀의 딸에게도 작아져 버렸단다. 문득 다산茶山 정약용丁若鏞, 1762-1836이 쓴 글 한편이 떠올랐다.

내가 강진에서 귀양살이 하고 있을 때 병이 든 아내가 낡은 치마 다섯 폭을 보내왔다. 그것은 그녀가 시집오던 날 입었던 붉은색 활옷이었다. 붉은색은 이미 씻겨 나가고 노란색도 희미해져서 책 장정으로 쓰기에 알맞았다. 그래 가위로 말라 작은 공책(帖)을 만들어 놓고, 손 가는 대로 훈계하는 말을 써서 두 아들에게 전해 준다. 아마도 훗날 이 글을 보게 되면 감회가 일어날 것이고, 두 어버이의 흔적과 손때를 생각한다면 틀림없이 그리는 감정이 뭉클하게 일어날 것이다. 이것을 『하피첩霞帔帖』이라고 이름했으니, 이것은 붉은 치마를 은근히 돌려 말한 것이다.

가경嘉慶 경오년1810년, 순조 10년 초가을7월에 다산(강진에 있는 초당을 말함)의 동암東菴에서 쓰다.

　1810년이면 벌써 정약용이 귀양살이를 한 지 10년째인 해다. 그 사이 고향 집 소내로 옮겨 가 살고 있는 가족들에게 그는 수많은 편지를 보냈고, 특히 아버지로 인해 폐족廢族이 되고 만 두 아들에 게는 끝없이 가르침을 담은 편지를 보내던 시절이었다. 정약용이 보낸 편지 속에는 책을 장정할 천이 없다는 말도 들어 있었으리라. 가난한 살림을 꾸려 가던 병든 아내는 결국 자신이 시집올 때 입었 던 붉은 치마를 뜯어 보냈다. 긴 세월에 그 곱던 붉은빛도 바래 담 황색이 되어 책을 장정하는 데 쓰기에 맞춤이었다.

　아내의 혼례복 치마를 잘라서 만든 작은 공책에는 무슨 내용을 담았는가? 바로 곁에서 지켜보며 가르치고 또 바로잡을 수 없는 두 아들에게 전하고 싶은 훈계의 말들을 담았다.

　그리고 정약용은『하피첩』을 만들고 남은 치마에 매화와 새를 그 려 시집간 외동딸에게 그림 가리개를 만들어 주었다. 고대 박물관 에 소장되어 있는 그 그림에는 이런 시가 쓰여 있다.

　　펄펄 나는 새야

내 뜰의 매화에서 쉬렴.

향기도 진하니

은혜로워라 어서 오려마.

이에 가지에 올라 깃드니

네 집이 즐거우리라.

꽃이 아름다우니

열매도 많으리라.

翩翩飛鳥	편편비조
息我庭梅	식아정매
有烈其芳	유열기방
惠然其來	혜연기래
爰上爰棲	원상원서
樂爾家室	락이가실
華之旣榮	화지기영
有蕡其實	유분기실

— 「매화병제도(梅花屛題圖)」

시집간 딸이 화목하게 잘살기를 바라는 마음을 아내의 혼례복 치마에 그리고 써서 딸에게 보냈다.

　정약용이 두 아들과 딸에게 보낸 작은 책과 그림에 담긴 사연처럼 가족 간에, 사랑하는 사람들 간에 주고받은 편지시를 골라봤다. 숙직하는 남편이 아내에게 술과 함께 보낸 시도 있고, 멀리 남쪽으로 귀양 간 남편이 아내의 수심을 잠시나마 잊게 하려고 부러 어렵고 어렵게 써서 보낸 수수께끼 시도 있다. 또 귀양 간 아버지에게 수박씨를 말려 보낸 어린 딸의 사연, 밤을 따서 보낸 아들의 사연도 있다. 그리고 사랑하는 님을 기다리며 부질없이 화장을 해 보는 어여쁜 여인의 한숨 깃든 사연도 있다. 이제 살그머니 그들의 편지시 속으로 들어가 보자.

이 술로
찬 속이나 데우구려 / 유희춘, 송덕봉

누구와 함께 마시는가에 따라 술맛도 달라지는데, 아내와 남편
이 도란도란 얘기 나누며 술잔을 주고받는 옛 풍경을 상상해 본 적
있는가?

유달리 부부 생활의 진솔한 일상을 풍부하게 기록해 놓은 이가
있으니 선조 대의 석학이자 문인인 미암眉巖 유희춘柳希春, 1513~1577
이다. 유희춘이 약 10년 동안 쓴 일기인 『미암일기眉巖日記』에는 부
인 송덕봉宋德峯과의 재미있는 일상의 모습이 많이 담겨 있다. 유희
춘은 평생 독서와 저술에 몰두했던 유학자로 유명한데, 그런 남편
이 어느 날 아내에게 시를 한 수 지어 보였다.

> 뜰의 꽃 흐드러져도 보고 싶지 않고
> 음악 소리 쟁쟁 울려도 아무 관심 없네.
> 좋은 술과 예쁜 자태에도 흥미 없으니
> 참으로 맛있는 것은 책 속에 있다네.
> 園花爛爤不須觀   원화란만불수관

絲竹鏗鏘也等閑　　사죽갱장야등한

好酒姸姿無興味　　호주연자무흥미

眞腴惟在簡編間　　진유유재간편간

－「지극한 즐거움을 읊어 성중[29])에게 보이다(至樂吟示成仲 지락음시성중)」

　유희춘이 얼마나 독서를 좋아했는지 능히 짐작할 수 있는 시이다. 인생의 지극한 즐거움을 책에서 찾는다는 남편의 자랑이 담긴 시를 받은 아내 송덕봉은 참으로 멋진 반전의 시를 지어 이에 응수했다.

　　봄바람 아름다운 경치는 예부터 보던 것이요

　　달 아래 거문고 타는 것도 한 가지 한가로움이지요.

　　술 또한 근심을 잊게 하여 마음을 호탕하게 하는데

　　그대는 어찌하여 책에만 빠져 있나요?

　　春風佳景古來觀　　춘풍가경고래관

　　月下彈琴亦一閑　　월하탄금역일한

　　酒又忘憂情浩浩　　주우망우정호호

　　君何偏癖簡編間　　군하편벽간편간

　　　　　　－「차운하다(次韻 차운)」, 『미암일기』

29) '성중'은 유희춘의 부인 송덕봉의 자이다.

책을 읽는 즐거움이야 물론 크겠지만, 아름다운 봄 경치에는 달빛 아래 거문고를 타거나 근심을 잊고 호탕하게 술을 마시는 것이 더 어울리는 법이라며, 아내 송덕봉은 남편에게 도리어 어찌하여 책에만 빠져 있느냐고 핀잔을 주고 있다. 이렇게 보면 인생의 진정한 즐거움에 대해서는 아내 덕봉이 남편보다 한 수 위였던가 보다. 이 시를 답장으로 받은 남편은 분명 꽃잎이 흩날리는 봄밤에 아내와 마주 앉아 술잔을 주고받았을 터이다.

한번은 미암이 궁궐에서 숙직을 하다가 아내에게 술 한 동이를 보낸 적이 있다. 때는 부부가 담양군 대덕면 장산리 집을 떠나 서울에서 살 때였다. 『미암일기』에 의하면 1569년 9월 1일, 이날은 미암이 승지로 승문원에 입직入直한 지 엿새째 되는 날이었다. 미암은 미안한 마음에 아내에게 모주를 보내며 시도 한 수 적어 보냈다.

눈 내리고 바람 더욱 차가우니

찬 방에 앉아 있을 그대가 생각나오.

이 술이 비록 하품이지만

그대 찬 속을 데워 줄 수 있을 거요.

雪下風增冷　　설하풍증냉

思君坐冷房　　사군좌냉방

此醪唯下品　　차료유하품

亦足煖寒腸　　역족난한장

- 『미암일기』

이 시를 받은 아내 송덕봉은 이렇게 화답하였다.

국화 꽃잎에 비록 눈발이 날리지만

그곳 은대[30]에는 따뜻한 방 있겠지요.

찬 방에서 따뜻한 술을 받으니

속을 채울 수 있어 매우 고맙군요.

菊葉雖飛雪   국엽수비설

銀臺有煖房   은대유난방

寒堂溫酒受   한당온주수

多謝感充腸   다사감충장

― 『미암일기』

남편을 따라 객지인 서울에 올라와 뒷바라지하는 아내가 쓸쓸히 빈방을 지키고 있는 것이 안쓰러워 남편은 자신에게 내려 준 모주를 나누어 보냈다. 그러자 남편의 은근한 사랑이 담긴 모주를 받은 아내 역시 따뜻한 사랑의 답시를 적어 보냈다.

부디, 집 밖에서 술 마실 때 까마득히 아내를 잊는 남편들에게 이 시가 귀감이 되기를.

30) '은대'는 승문원을 이른다.

누가 술을
망우물忘憂物이라 했나? / 박은

술은 근심을 잊게 하여 마음을 흥겹게 만들기 때문에 망우물忘憂物이라 불리는데, 이 이칭異稱을 처음 쓴 이는 바로 도연명이다. 도연명은 「잡시雜詩」라는 시에서 "가을 국화 좋은 빛이 있기에 그 이슬 젖은 꽃잎을 따노라. 이 꽃잎을 망우물에 띄워서 속세를 버린 나의 정을 더 멀게 하노라秋菊有佳色 추국유가색, 裏露掇其英 읍로철기영. 汎此忘憂物 범차망우물, 遠我遺世情 원아유세정"라 읊었다. 이 시구로 인해 많은 시인들이 가을이면 국화꽃을 곁에 두고 술을 마시며 근심을 잊게 하는 시를 노래했다.

그런데 여기 '누가 술을 망우물이라 했나?'라고 의심하며 술잔을 대하고서 더욱 수심에 빠져 든 시인이 있다. 그는 바로 읍취헌 박은이다. 술을 좋아했던 박은과 그의 아내는 곧잘 술잔을 주고받으며 밤이 깊도록 대화를 나누던 다정한 부부였다. 그런 아내가 너무 이른 나이에 먼저 세상을 뜨고 말았다. 저녁 내 홀로 누운 박은이 가엾어 보였던지 유모가 술을 가져다주었다. 그 술을 혼자 마시자니 또 절로 아내 생각이 나서 슬퍼진다. 이런 심정을 알아줄 벗이 있어 한 수의 시를 지어 그 슬픔을 풀어 본다.

평생의 회포를 술에 의지해 풀었는데
오늘은 술을 내오게 할 아내가 없구나.
우연히 술잔을 대하니 어이 차마 마시랴?
이 물건이 망우물이라고 말하지 말라.

平生懷抱秪須酒	평생회포지수주
今日還無婦可謀	금일환무부가모
偶對一盃那忍倒	우대일배나인도
莫言此物爲忘憂	막언차물위망우

- 『읍취헌유고』 권2

이 시의 원 제목은 「오늘 저녁 내내 홀로 누웠노라니, 유모가 가련했던지 술을 찾아 보내 주기에 홀로 술을 마시노라니 슬픈 감정을 이길 수 없어 문득 절구 한 수를 써서 회포를 풀었다. 택지(이행)는 지금 나의 심정을 알 것으로 생각되기에 써서 보여 준다今日竟夕獨臥 금일경석독와, 姆憐之 모련지, 覓酒以饋 멱주이궤, 對之不勝悲感 대지불승비감, 輒書一絶以洩懷 첩서일절이설회, 想擇之知我此時之情 상택지지아차시지정, 故書以相示 고서이상시」이다. 아내를 잃은 자신의 처지를 위로해 주려고 유모가 마련해 준 술이 도리어 세상을 떠난 아내 생각을 더욱 부추겼다. 아내 생전에 읊었던 시에서 국화꽃이 핀 날 "술은 수수한 아내더러 조금씩 잔에 붓게 한다酒許山妻淺淺斟 주허산처천천짐"라 하지 않았던가!

뒷동산에
대추는 땄소? / 김성달, 연안 이씨

멀리 외지에서 남편이 아내에게 보내는 시를 기내시寄內詩라 한
다. 조선 후기 문인 김성달金盛達, 1642~1696이 아내에게 부친 「기내
시」를 읽어보자.

> 집은 금오산 아랫마을에 있으니
>
> 고향 천리 생각하면 혼이 녹아내리는구려.
>
> 가을 되어 대추 밤 딸 만하게 되었을 터
>
> 몇 번이나 아이 손잡고 뒷동산에 올랐소?
>
> 家在金鰲山下邨   가재금오산하촌
>
> 憶鄕千里正消魂   억향천리정소혼
>
> 秋來棗栗方堪摘   추래조율방감적
>
> 幾度携兒上北園   기도휴아상북원
>
> — 『시가점등(詩家點燈)』

이 시는 이규경李圭景의 『시가점등詩家點燈』「내가수증연주록內家

酬贈聯珠錄」에 실려 전한다. 김성달이 임지에 홀로 부임해 있을 때 고향과 가족을 그리워하며 쓴 시이다. 시에 보이는 금오산은 충청도 오두로, 그곳에서 부인이 아이들을 데리고 살았다. 아이 손을 잡고 뒷동산에 올라 대추며 밤을 따고 있을 사랑스러운 아내의 모습을 그려 보는 남편의 마음이 고스란히 담겨 있다.

이 시를 받은 김성달의 아내 연안 이씨 역시 남편을 그리는 시를 남겼다. 제목은 「빗소리를 들으며 아내에게 부친 시에 차운하다聽雨寄內 차청우기내」이다.

비 끝에 늘어진 버들 실처럼 가느니

무한한 맑은 그늘을 꾀꼬리 혼자 아는구나.

지저귀며 봄 소리 만들어 가지를 감도니

이별한 마음 오늘에야 슬픔을 잊겠구나.

雨餘垂柳細如絲　　우여수류세여사

無限淸陰鸎獨知　　무한청음앵독지

啼作春聲長繞枝　　제작춘성장요지

別心今日却忘悲　　별심금일각망비

남편이 외지에서 봄비 소리를 듣다가 그만 아내 생각에 젖어 한 수 시를 적어 보내니, 아내도 그 시에 차운하였다. 봄비 끝에 버들 가지는 휘늘어지고 꾀꼬리는 봄이 왔다 지저귀는데, 이런 차에 남편의 시를 받고 보니 한순간에 이별의 슬픔이 가시는 듯하다.

김성달의 아내가 죽자 박세당朴世堂, 1629~1703은 그녀를 애도하는 시 「김진안金鎭安 성달盛達의 아내에 대한 만사輓詞」를 남겼는데, 살아생전 다정했던 아내를 잃고 슬픔에 빠져 있는 김성달의 모습을 엿볼 수 있다.

일평생 사랑하자던 님 자식을 버리고 떠나니

칠등漆燈[31]만 영원히 무덤 문을 지키누나.

어이하면 반령潘令[32]으로 하여금 깊은 슬픔을 잊고

한가하게 담소하던 시절을 생각하게 할는지.

恩愛百年抛子孫　　　은애백년포자손

漆燈終古閉泉門　　　칠등종고폐천문

能敎潘令忘深痛　　　능교반령망심통

獨復閑時念笑言　　　독부한시념소언

오래 묵은 벽오동 가지에 함께 깃들었는데

수놈 날며 어찌 괴로이 홀로 슬피 우는가?

아홉 새끼 기르던 암놈이 먼저 떠나니

<hr />

31) '칠등'은 무덤 앞에 켜 놓는 등을 말한다. 귀인(貴人)의 무덤 앞에는 커다란 쇠 동이를 놓고 그 안에 생옻(生漆) 두어 말을 담은 다음, 그 가운데에다 심지를 꽂아 불을 켜 놓는데, 불이 푸르게 빛나며 꺼지지 않는다. 칠등장명(漆燈長明)이라고도 한다.

32) '반령'은 진(晉)나라의 반악(潘岳)을 가리킨다. 일찍이 하양 영(河陽令)을 지냈기 때문에 반령이라 일컫는데, 아내를 잃은 뒤에 「도망시(悼亡詩)」 세 수를 지어 아내의 죽음을 애도하였다. 여기서는 아내를 잃은 김성달을 가리킨다.

둥지 속 태반은 깃이 아직 가지런하지 않네.

枝老碧梧曾共棲   지로벽오증공서

雄飛何苦獨悲啼   웅비하고독비제

養哺九子雌先去   양포구자자선거

強半巢中羽未齊   강반소중우미제

- 『서계집(西溪集)』

아내에게 보낸
수수께끼 시 / 이학규

이학규李學逵, 1770-1835는 유복자로 태어나 외가에서 자라면서 외조부 이용휴李用休에게서 성호학파星湖學派의 학문을 전수받았다. 그는 정조正祖에게 문사文詞를 인정받았으나, 1801년 신유옥사辛酉獄事 때 전라도 화순으로 유배 갔다가 황사영黃嗣永 백서帛書에 연루되어 경상도 김해로 옮겨져 24년이라는 긴 유배 생활을 하면서 독특한 시문을 남겼다. 황사영은 그의 외종형이었으며, 이때 외숙 이가환李家煥, 삼종숙 이승훈李承勳이 죽었다. 그는 같은 시기에 전라도 강진으로 유배 간 정약용과 오랫동안 편지와 시를 주고받으며 깊이 사귀기도 하였다.

유배지에서 어느 날 이학규는 아내에게 수수께끼 같은 시를 한편 적어 보냈다.

누렇게 실을 다 물들이고도[33] 괜스레 정리하질 못할 텐데

볏짚을 깐 다듬잇돌[34]은 오랫동안 하늘 끝 멀리 떨어져 있네.

찢어진 적삼은 반드시 다시 기울 날 있으리니[35]

애기풀은 끝내 산을 떠나오기 전을 그리워하네.[36)]

돌문을 입에 물렸는데[37)] 편지가 때마침 이르렀건만

복어 먹고 배가 아파서[38)] 꿈인 듯 생시인 듯

집안사람들 또한 칼 고리[39)]를 희망한다고

비단에 짜 넣은 글자[40)]는 부질없이 어린 부인의 말[41)]을 전하네.

....

33) 포조(鮑照)의 「의행로난(擬行路難)」에 보이는 "베어 낸 황벽나무로 실을 누렇게 물들이는 데, 누런 실 얽혀서 정리할 수가 없네(剉蘗染黃絲 좌벽염황사, 黃絲歷亂不可治 황사력난불가치)"를 인용했다. 여기서는 '얽힌 마음'을 비유했다.

34) 원문의 '고침(藁砧)'은 '남편'을 뜻하는 은어다. 옛날에 사형을 집행할 때, 볏짚을 깐 자리에 다듬잇돌을 두고 그 위에 죄인을 엎드리게 한 뒤 도끼(鈇)로 베었다. '藁砧'은 '鈇' 자를 연상게 하고, 이는 발음이 같은 글자 '夫'를 의미하게 되었다.

35) 이 구절은 소식의 시 구절을 그대로 가져온 것이다. 찢어진 적삼을 꿰매야(縫) 하는 것처럼 '헤어진 사람끼리는 만나야(逢) 한다'는 의미다.

36) '소초(小草)'는 '원지(遠志)'라고도 불리는 약초다. 진(晉)나라 사안(謝安)이 회계(會稽)의 동산(東山)에 20여 년 동안 한가히 은거하면서 조정의 부름에도 계속해서 응하지 않다가 마침내 나이 40에 몸을 일으켜 벼슬길에 나아가 삼공의 지위에까지 이르렀다. 그런데 처음에 환온(桓溫)의 사마(司馬, 군사와 운수에 관한 일을 맡아보던 벼슬)로 있을 적에 어떤 사람이 환온에게 약초를 바쳤는데, 그 속에 원지라는 약초가 있는 것을 환온이 보고는 "이 약초는 또 소초라고도 하는데, 어째서 하나의 물건에 상반된 두 개의 이름이 있는 것인가?"라고 사안에게 물었으나 사안이 바로 대답하지 못했다. 그러자 학륭(郝隆)이 옆에 있다가 "이것은 대답하기 매우 쉬운 문제입니다. 산속에 가만히 있을 때에는 원지라고 부르고, 산을 나오면 소초라고 부르는 것입니다"라고 대답하니, 사안의 얼굴에 부끄러워하는 기색이 역력하였다고 한다.

37) 고시의 「독곡가(讀曲歌)」에 "단단한 돌문이 입안에 생겨, 빗돌을 머금고 말을 못하네(石闕生口中 석궐생구중, 含碑不得語 함비부득어)"라 하였는데, '碑'가 '悲'와 같은 음이라 슬픔을 가리킨다.

38) '하어(河魚)'란 바로 하돈(河豚)인데, 먹으면 뱃병이 나서 죽는다.

39) 한 무제(漢武帝) 때 이릉(李陵)이 흉노(匈奴)에게 패하여 항복하고 그곳에서 살았던 바, 한 소제(漢昭帝)가 즉위한 이후 이릉의 친구인 임입정(任立政) 등 3인을 흉노에게 보내서 이릉을 불러오게 했다. 흉노의 선우(單于)가 한(漢)나라 사신에게 주연(酒宴)을 베푼 자리에서 임입정 등이 이릉을 보고도 사적인 말을 할 수 없어 이릉에게 자주 칼 고리(刀環)를 보이면서 은밀히 '한나라로 돌아오라(還歸漢)'는 뜻을 암시했던 데서 온 말이다. 대도두(大刀頭)는 곧 칼 머리에 달린 고리를 지칭한 것으로, 전하여 환(還) 자의 은어(隱語)로 쓰인다. 여기서는 고향에 돌아가는 것을 의미한다.

染盡黃絲坐未治　염진황사좌미치

藁砧長是隔天涯　고침장시격천애

破衫會有重縫日　파삼회유중봉일

小草終思未出時　소초종사미출시

石闕口啣書正到　석궐구함서정도

河魚腹疾夢然疑　하어복질몽연의

居人也說刀環望　거인야설도환망

錦字空傳幼婦辭　금자공전유부사

— 「아내에게, 미어체로(寄內 기내, 謎語 미어)」, 『낙하생집(洛河生集)』

　제목에서 미어^{謎語}라고 했듯이, 이 시는 미어체^{謎語體}라 일컫는 수수께끼 형식의 시이다. 그래서 표면의 글자 너머에 담긴 이면의 의미, 곧 수수께끼를 풀어 내야 제대로 읽을 수 있다. 매 구절에 달린 주석을 보아 가며 이 시를 다시 읽으면 이렇다.

----

40) 아내가 남편에게 보내는 편지를 금자(錦字)라 한다. 전진(前秦) 두도(竇滔)의 처 소혜(蘇蕙)가 유사(流沙)로 쫓겨난 남편을 그리워하며 비단 옷감 위에 회문시(廻文詩)를 지어 보낸 고사에서 유래하였다.

41) 후한(後漢) 때 채옹(蔡邕)이 조아비문(曹娥碑文)을 보고는 그 비석 뒷면에다 은어로 '황견유부외손자구(黃絹幼婦外孫䪡臼)' 여덟 글자를 새겨 놓았는데, 뒤에 양수(楊脩)가 이것을 해석하기를, "황견은 색사(色絲)이니 글자로는 절(絶) 자가 되고, 유부는 소녀(少女)이니 글자로는 묘(妙) 자가 되고, 외손은 여자(女子)이니 글자로는 호(好) 자가 되고, 자구는 매운 맛을 받는 것이니 글자로는 사(辭) 자가 되므로, 이른바 절묘호사(絶妙好辭)라는 것이다"라고 한 데서 온 말로, 전하여 뛰어난 문장(文章)을 의미한다.

뒤엉킨 마음을 괜스레 정리하질 못할 텐데

남편은 오랫동안 하늘 끝 멀리 떨어져 있네.

헤어진 우리가 반드시 다시 만날 날 있으리니

먼 곳에서 끝내 떠나오기 전을 그리워하네.

슬픔에 겨워 말문마저 막혔는데 편지가 때마침 이르렀건만

배앓이 하느라 꿈인 듯 생시인 듯.

집안사람들 또한 고향에 돌아오길 희망한다고

당신의 편지는 부질없이 묘한 말을 전하는구려.

이렇게 읽고 보면 이 시는 어서 빨리 유배에서 풀려나 집으로 돌아오기를 바란다는 아내의 편지를 받고서, 이학규가 아내에 대한 그리움과 미안함을 담아서 답장한 편지시임을 알 수 있다. 이학규는 수수께끼를 한참 풀어야 제대로 읽을 수 있는 시를 일부러 지어 보내, 아내가 이 시의 수수께끼를 푸는 동안만이라도 유배지에 있는 남편 걱정을 덜기를 바랐던 것은 아닐까?

이 시가 「인수옥집因樹屋集」에 임술년1802년, 32세 작품으로 기록되어 있으니, 이학규가 유배된 다음 해에 쓴 것임을 알 수 있다. 인수옥은 이학규가 자신의 유배지 거처에 부친 이름이다.

평소 부부간의 정이 애틋했던 아내가 이학규가 유배된 지 15년 만인 1815년 서울에서 죽음을 맞았다. 삼천대천세계三千大千世界만큼이나 멀리 떨어져서 15년이라는 긴 세월을 다시 만날 날을 손꼽아 기다려 온 아내였다. 남편의 수수께끼 시를 받았던 젊은 아내는

그 세월 동안 아픈 몸을 이끌고 가정을 묵묵히 지켜 오다가 세상을
뜨고 말았다.

이제 아내는 편지조차 가 닿을 수 없는 지하로 가고 말았다. 술
로 슬픔을 달래 보지만, 또렷이 떠오르는 아내의 '병들거나 가난
하거나 검은머리 파뿌리 되도록 함께 살자' 하던 말만 귀에 쟁쟁할
뿐이다.

바람 부는 누대와 달 뜨는 누대에 얼마나 올랐던가?
오를 때면 여전히 절로 눈물이 가만히 흐르네.
마음 아프게 잠깐 헤어진 것이 삼천대천세계요
손가락 꼽으며 서로 그리워한 것이 15년 세월.
지하에는 정녕 이 한을 알릴 편지가 없는데
이승에는 오직 근심을 풀 술만 있을 뿐이네.
지금까지도 분명히 기억하는 한 마디 말
"병들고 가난하더라도 함께 늙어 가요" 했었지.

何限風臺與月樓	하한풍대여월루
登臨猶自淚潛流	등림유자루잠류
傷心小別三千界	상심소별삼천계
屈指相思十五秋	굴지상사십오추
地下定無書報恨	지하정무서보한
人間惟有酒銷憂	인간유유주소우
向來一語分明記	향래일어분명기

長病長貧兩白頭　　장병장빈양백두

－「아내를 애도하며(悼亡 도망)」, 『낙하생집』

마음 아프게 잠깐 아내와 이별한 것이 그만 삼천대천세계만큼 멀어지고 말았다. 불교에서 삼천대천세계는 우주宇宙와 같은 말이다. 수미산須彌山을 중심으로 칠산팔해七山八海가 에워싸고 다시 철위산鐵圍山이 둘러친 세계를 소세계小世界라 하고, 이것이 천 개 모인 것이 소천세계小千世界요, 소천세계가 천 개 모인 것이 중천세계中千世界요, 중천세계가 천 개 모인 것이 대천세계大千世界인데, 이것을 총칭하여 삼천대천세계라고 한다. 이학규에게 아내와 헤어져 있는 세계는 삼천대천세계만큼 멀고 아득하였던 것이다.

남편 이학규가 유배를 간 뒤 병약한 아내는 가난한 집안을 꾸려가면서도 떨어져 있는 괴로움과 헤어져 살게 된 어려움을 조금도 말하지 않았다고 한다. 그런 아내가 10년이 지나 수백 줄 되는 장문의 편지를 보내왔는데, 거기에는 "흰 머리카락은 뽑을 수도 없게 늘어나고, 부드럽던 피부는 쪼그라들어 버렸네요. 이러니 부끄러워 당신을 다시 어찌 볼 것인지요?"라 적혀 있었다고 한다(「유인 정씨 제문擬祭丁孺人文 의제정유인문」 중).

술 삼백 잔이
네 이름이란 말이냐? / 이규보

아버지와 아들 사이에는 어떤 대화가 오갈까? 멀리 헤어져 있어
아들이 그립고 염려될 때 옛 문인들은 곧잘 곡진한 편지를 써 보내
곤 했다. 여기 한집에 살고 있는 아들에게 아버지의 마음을 대놓고
전하기 위해 쓴 이규보의 시가 있다.

> 네가 어린 나이에 벌써 술을 마시니
> 앞으로 창자가 썩을까 내심 두렵구나.
> 네 아비의 늘 취하는 버릇 배우지 마라
> 한평생 남들이 미치광이라 한단다.
> 한평생 몸 망친 것이 오로지 술인데
> 너조차 좋아할 건 또 무엇이냐?
> 삼백이라 이름한 걸 이제야 뉘우치니
> 아무래도 날로 삼백 잔씩 마실까 두렵구나.
>
> 汝今乳齒已傾觴   여금유치이경상
> 心恐年來必腐腸   심공년래필부장

莫學乃翁長醉倒	막학내옹장취도
一生人道太顚狂	일생인도태전광
一生誤身全是酒	일생오신전시주
汝今好飮又何哉	여금호음우하재
命名三百吾方悔	명명삼백오방회
恐爾日傾三百杯	공이일경삼백배

－「아들 삼백이 술을 마시다(兒三百飮酒 아삼백음주)」, 『동국이상국전집』 권5

부전자전인 걸까? 거문고, 시, 술을 몹시 좋아하여 삼혹호 선생이라 자호自號한 이규보의 아들답게 삼백三百이도 꽤나 술을 즐겼던가 보다. 삼백이라는 이름은 원래 시를 잘 쓰라는 뜻에서 지어 준 아명兒名이건만, 도리어 술 삼백 잔을 마실 정도로 술을 잘 마시는 삼백이가 되는 건 아닌가 싶어 아버지는 여간 걱정되는 것이 아니다. 삼백이라는 아들의 이름에는 어떤 사연이 있었던 것일까?

이규보는 28세1195년 때 「오동각의 삼백 운 시에 화답하다和吳東閣三百韻詩 화오동각삼백운시」라는 시를 지은 일이 있다. 동각東閣 오세문吳世文이 북사北使로부터 탄핵을 받고 서울로 돌아와 한가히 지내던 어느 날, 몇몇 사람과 어울려 임원林園에서 술자리를 열었다. 그때 이규보도 술자리의 말석末席에 참석하였는데, 오세문이 이규보에게 자랑하기를 "고금의 시집 중에 삼백 운의 시를 지은 사람은 없는데 나는 이 삼백 운의 시를 지어 고원의 여러 학사에게 드렸으니, 자네가 화답할 수 있겠는가?" 하면서 그 시를 꺼내 보았다. 그러자 이규보는 그날 집으로 돌아와 오세문의 시에 차운하여 화답하는 시 「오동각의 삼백 운 시에 화답하다」를 지었다. 그런데 바로 이날 아들 이함李涵이 태어났기에, 아명을 삼백이라 지으며 아들의 문재文才를 기대하였던 것이다.

그런데 아들 삼백이는 이백李白의 「양양가襄陽歌」에 나오는 "노자 표鸕鷀杓 앵무배鸚鵡杯로 백 년 삼만 육천 일에 날마다 삼백 잔을 기울여야지鸕鷀杓鸚鵡杯 노자표앵무배, 百年三萬六千日 백년삼만육천일, 一日須傾三百杯 일이수경삼백배"라는 구절이 연상되게끔 벌써 술을 배웠다. 그러니 걱정을 아니할 수 없었다.

아버지 이규보에게 삼백이가 어떤 아들이었는지 잘 보여 주는 시가 있다. 다음은 이규보가 처음으로 아들, 딸과 헤어져 지방에 있을 때 두 자식을 그리워하며 쓴 시이다.

내게 사랑하는 아들 하나 있으니

그 이름은 삼백이란다.

＊ 내가 오 낭중의 삼백 운 시에 화답하였는데, 이날 이 아이가 태어났기 때문에 이름을 삼았다.

장차 이씨李氏 가문을 일으킬 것이고[42]

태어나던 저녁엔 제 어미를 놀라게 했지.[43]

네가 태어나자 골격과 이마가 기이하고

─────────────────────

42) 노자(老子)는 성이 이씨(李氏)로, 일설에 의하면 그의 어머니가 81년간 뱃속에 품고 있었는데, 어느 날 오얏나무(李) 아래에 이르자 아기가 왼쪽 겨드랑이를 뚫고 나와 오얏나무를 가리켰다고 한다. 이 때문에 노자의 성을 이씨로 삼았다 한다.

눈이 번쩍번쩍 빛나고 얼굴도 희었었지.

고명한 세 학사가

너의 탕병[44]의 손님이 되었지.

＊아이를 낳은 지 칠일에 낭중 오세문, 원외具外 정문갑鄭文甲, 동각 유서정俞瑞珽이 방문하여

시를 지어 서로 하례하였다.

시를 지어 아들 낳은 것을 축하하니[45]

사와 운이 금석같이 쟁쟁하였네.

바라노니 네가 그 사람들 닮아서

재명이 저 원진이나 백거이를 뛰어넘기를.

내 평소 얼굴 펼 날이 적었는데

너를 얻고 나서는 언제나 웃고 장난친단다.

가끔 남을 대해 자랑도 하여

비로소 아이 칭찬하는 버릇이 생겼지.

한여름 오월에

처음으로 서울에서 이별하였지.

세월만 보내며 만리의 객이 되어

홀연히 붉게 물든 단풍잎을 보았네.

....

43) 태아(胎兒)가 출생할 때 이상 출산으로 인하여 산모가 몹시 고통을 받은 것을 말한다. 원
문의 강(姜)은 정장공(鄭莊公)의 어머니 무강(武姜)을 말한다. 무강이 장공을 낳을 때 출
산이 어려워 놀랐기 때문에 한 말이다.

44) '탕병(湯餠)'은 밀가루로 만든 국수를 말하는데, 아기가 출생한 지 3일째 되는 날 친척과
친지들이 모여 국수를 먹으며 축하하기 때문에 세삼(洗三)이라고도 한다.

45) 『시경(詩經)』「소아(小雅)」사간(斯干)에 "남자를 낳으면 구슬(璋)을, 여자를 낳으면 기왓장
(瓦)을 가지고 놀게 한다"는 말이 있으므로 아들을 농장(弄璋), 딸을 농와(弄瓦)라 한다.

시절은 날로 바뀌는데

내 병은 날로 깊어만 가누나.

귀한 네 이마를 어루만질 길이 없으니[46]

슬퍼서 가슴이 아프구나.

我有一愛子　　아유일애자

其名曰三百　　기명왈삼백

* 予和吳郞中三百韻詩 여화오낭중삼백운시, 是日兒生 시일아생, 因以爲名 인이위명

將興指李宗　　장흥지이종

來入驚姜夕　　래입경강석

爾生骨角奇　　이생골각기

眼爛面復晳　　안란면부절

磊落三學士　　뇌락삼학사

作爾湯餠客　　작이탕병객

*兒生七日 아생칠일, 吳郞中世文 오낭중세문, 鄭員外文甲 정원외문갑, 兪東閣瑞廷來

　訪 유동각서정래방, 作詩相賀 작시상하

綴詩賀弄璋　　철시하농장

詞韻鏘金石　　사운장금석

願汝類其人　　원여류기인

才名輔元白　　재명린원백

....

46) 원문의 '서로(犀顱)'는 이마뼈가 서골(犀骨)로 된 것을 말하는데, 귀인의 상(相)이라 한다.

我生少展眉	아생소전미
得汝長笑謔	득여장소학
往往向人誇	왕왕향인과
始得譽兒癖	시득예아벽
仲夏五月天	중하오월천
初別長安陌	초별장안맥
遷延客萬里	천연객만리
忽見霜葉赤	홀견상엽적
時節日遷代	시절일천대
我病日云劇	아병일운극
無由撫犀顱	무유무서로
惻惻傷胸膈	측측상흉격

－「두 아이를 생각하다(憶二兒 억이아)」

잘생긴 아들 삼백이가 문운文運이 융성하여 집안을 일으킬 인재
로 장성하기를 바라는 아버지의 마음이 고스란히 담겨 있다.

아들이
보내온 밤 / 정약용

다산 정약용은 강진으로 유배된 이후 처자식과 소식 한번 주고받는 데 석 달이 걸렸고, 아들 얼굴 한번 보는 데 8년이라는 긴 세월을 보내야 했다. 19년의 긴 유배 기간 동안 세 살배기 넷째 아들이 아버지가 보내 준 소라 껍질을 손에 쥐고 아버지를 기다리다가 죽었고, 시집와 1년도 채 함께 지내지 못한 둘째 며느리가 먼저 죽기도 했다.

그런 모진 세월 동안 정약용은 끝없이 연구하고 저술하면서, 또 수없이 편지를 쓰고 시를 써서 누군가에게 보냈다. 아버지 정약용은 특히 두 아들, 학연學淵과 학유學游에게 집중적으로 편지를 써 보냈다. 혈기 왕성한 두 아들이 마음을 다잡고 올바르게 살도록 하기 위해서, 그리하여 자식이나 손자 대에 다시 가문이 일어설 수 있게 하기 위해서.

어느 가을, 해마다 늘어난 고향 집 밤나무에는 밤이 탐스럽게 열렸다. 아들은 밤을 수확해 주머니에 가득 담아 멀리 유배지에 있는 아버지께 보냈다. 아버지는 아들이 보내온 밤을 보며, 주머니를 봉

하는 아들의 손놀림과 마음 씀씀이를 떠올리며 빙그레 웃었으리
라. 그러다 밤을 하나 꺼내 들고 먹으려다 그만 서글퍼지고 말아
하릴없이 먼 하늘만 응시한다.

제법 도연명 자식보다 낫구나,

아비에게 밤을 부쳐 온 걸 보니.[47]

따지면 한 주머니 하찮은 것이지만

천리 밖 굶주림을 위로코자 한 게지.

아비 생각하는 그 마음 어여쁘고

주머니 봉할 때 그 손놀림 어른거리네.

먹으려다 되레 마음에 걸려

서글피 먼 하늘을 바라보네.

頗勝淵明子	파승연명자
能將栗寄翁	능장율기옹
一囊分瑣細	일낭분쇄세
千里慰飢窮	천리위기궁
眷係憐心曲	권계련심곡
封緘憶手功	봉함억수공
欲嘗還不樂	욕상환불락

47) 도연명은 「책자(責子)」라는 시에 아들 다섯이 모두 지필(紙筆)은 좋아하지 않는다고 하면
서 그 제6연에 "자식 통은 아홉 살이나 먹었으면서, 찾는 것이라곤 배와 밤이라네(通子
垂九齡 통자수구령, 但覓梨與栗 단멱이여율)"라고 썼다.

惆悵視長空　추창시장공

－「아들이 밤을 부쳐 보내다(穉子寄栗至 치자기율지)」
『다산시문집(茶山詩文集)』권4

정약용이 유배를 가 있는 동안 남은 가족들은 어쩔 수 없이 서울
생활을 청산하고 고향인 경기도 광주 마현馬峴, 지금의 남양주시 조안면
능내리으로 옮겨 가 살아야 했다. 서울의 회현방會賢坊, 현재 중구 회현동
일대 재산루在山樓에서 태어난 두 아들－1783년정조 7년 22세 때 정
약용은 성균관에 들어갔으며, 이해 2월 순조의 세자 책봉을 경축하
기 위한 증광감시增廣監試에서 둘째 형 정약전丁若銓과 함께 경의經義
초시初試에 합격하고, 4월 회시會試에서 생원으로 합격했다. 이때
회현방으로 이사하여 재산루에서 살았으며, 9월 12일 큰아들 학연
이 태어났다－은 서울의 저잣거리 곁에서 자랐기에 애초에 농사일
에 관심도 없을 터이고, 시골 생활 역시 힘들 수밖에 없었을 것이
다. 그런 아들들에게 정약용은 '향리에 살면서 과수원이나 채소밭
을 가꾸지 않는다면 천하에 쓸모없는 사람'이라 타이르며, 편지로
각종 채소를 재배하는 방법을 자세히 일러주기도 했다. 그러면서
아버지는 해배解配된 뒤 아들들과 함께하는 생활을 이렇게 상상해
보았다.

가령 내가 몇 년 안에 유배에서 풀려나 너희들로 하여금 몸
을 닦고 행동을 가다듬어 효도와 공경을 숭상하고 화목을

일으키며, 경사經史를 연구하고 시례詩禮를 담론하며, 서가에 3, 4천 권의 책을 꽂아 놓고 1년을 지탱할 만한 양식이 있으며, 원포에 뽕나무, 삼, 채소, 과일, 꽃, 약초 들이 질서 정연하게 심어져 있어 그 그늘을 즐길 만하며, 마루에 오르고 방에 들어가면 거문고 하나와 투호 1구, 붓, 벼루 및 책상에 볼 만한 책이 있어서 그 청아하고 깨끗함이 기뻐할 만하며, 때때로 손님이 찾아오면 닭을 잡고 회를 만들어서 탁주와 좋은 나물 안주에 흔연히 한번 배불리 먹고 서로 더불어 고금의 대략을 평론할 수 있다면, 비록 폐족이라도 장차 안목 있는 사람들이 흠모할 것이다. 이렇게 세월이 점점 흘러간다면 중흥하지 못하는 경우가 있겠느냐? 너희는 생각하고 생각하라. 차마 이것을 하지 않으려느냐?

　－「두 아들에게 부침. 계해(1803년) 원일(寄兩兒癸亥元日 기량아계해원일)」
『다산시문집』 권21

　아버지에게 밤을 따서 보낸 아들은 어느새 늙어 유배 가기 전 아버지의 나이만큼 되고 말았다. 아버지의 예상대로 후에 부자가 시골에서 함께 살게 되었는데, 정약용은 백아곡白鵶谷, 팔당댐 건너 검단산 계곡 입구에 삿갓만 한 정자를 짓고 오엽정五葉亭이라 하였다. 오엽정은 신선의 약초라 불리는 인삼인 삼아오엽三椏五葉에서 따온 이름이었다. 큰아들은 45살, 작은아들은 42살로 백발이 성성해져 인삼밭을 손수 가꾸었다.

큰아이는 금년 나이 낙서洛書[48]의 숫자와 같고

작은아이는 금년 나이 패경貝經[49]과 딱 맞네.

아비의 숱한 죄악에 눌려 크지도 못한 채

백발이 성성해라 어찌 다 뽑을 수 있으랴?

가꾸는 자는 농부요 파는 자는 장사꾼이라

사류에 못 끼는 걸 겁낼 겨를이 어디 있었나?

떡갈잎과 검은 흙을 손수 체질도 하고

삼대의 얇은 인삼 막을 허리에 끼기도 하네.

大兒今年洛書數	대아금년낙서수
小兒今年貝經叶	소아금년패경엽
父罪如山石壓笋	부죄여산석압순
白髮蝟興那可鑷	백발위흥나가섭
圃者爲農販者商	포자위농판자상
不齒士類奚暇怯	불치사류해가겁
槲葉黲土手自篩	곡엽참토수자사
麻稭薄棚腰自挾	마개박붕요자협

－「오엽정 노래(五葉亭歌 오엽정가)」, 『다산시문집』 권6

48) 중국 하(夏)나라의 우왕(禹王)이 홍수를 다스릴 때 낙수(洛水)에서 나온 거북의 등에 씌어 있었다는 45개의 점으로 이뤄진 아홉 개의 무늬. 45세를 뜻한다.

49) 불경(佛經)을 가리키는 것으로, 후한 명제(後漢明帝) 때 인도의 중 가섭마등(迦葉摩騰)과 축법란(竺法蘭)이 사십이장경(四十二章經)을 중국어로 번역하여 맨 처음 중국에 전한 데서 온 말인데, 사십이장경이란 곧 불교의 요지(要旨)를 42장으로 나누어 간명하게 설명해 놓았음을 뜻한다.

막내딸이 보낸
수박씨 / 이광사

수박씨를 말려 먹어 본 적이 있는가? 어린 시절 종종 해바라기
씨나 호박씨를 까먹은 추억은 선한데, 수박씨를 부러 먹은 적은 없
었다. 우리나라의 옛글에는 수박씨를 식용하는 모습이 잘 보이지
않지만, 중국에서는 수박씨가 흔한 기호 식품이었다. 중국에 사신
으로 다녀온 이들은 어김없이 수박씨를 즐겨 먹는 중국인들의 모
습을 특기特記해 놓았다. 수박씨를 수레나 상점에 쌓아 놓고 남녀
노소가 모두 앉거나 서서 먹는다 하였고, 떡에 소로 넣어 먹기도
하고 설탕 가루에 버무려 먹기도 한다고 하였다. 또 이사벨라 버드
비숍의 중국 여행기에도 수박씨 까먹는 중국인들의 모습이 자주
등장한다.

조선 후기 시서화詩書畵로 이름난 원교員嶠 이광사李匡師, 1705-
1777는 평소 수박씨를 매우 좋아했다. 그는 북녘의 유배지 부령에
서 어린 막내딸이 정성껏 말려 보낸 수박씨를 받고서, 지난해 딸과
함께 쪼그려 앉아 수박씨 까먹던 일을 떠올리며 답장으로 시를 써
서 딸에게 부쳤다.

변방이라 날씨 더디 풀려 제철 것도 더디거니

으레껏 칠월에야 앵두가 붉기 시작하지.

수박은 무산 어름에서나 난다던데

올해는 장마가 져 모두 뭉크러졌다는구나.

고을 사람 두 손 들어 두 주먹 맞붙이고

자랑삼아 하는 말이 큰 건 더러 이만하고

항아리나 술병만 한 것만 익히 보다가

이 말 듣고 웃음이 나 밥알 튀어나와 쌓일 지경.

평소 수박씨 까먹길 즐겨

우습다 너무도 밝힘이 마치 양대추처럼 했지.

수박도 없는데 씨를 따질 게 있나

한여름 내 이가 심심하더니

서울 아들 올 때 한 봉지를 가져와선

어린 누이가 부지런히 멀리서 바친다고.

기꺼이 벗겨 먹고 껍질 뱉으며

기쁜 일 슬픈 일 보며 서로 눈물만 가로 세로

풀로 붙여 보낼 때 이내 생각하니

알고 말고 이 아비 그려 네 눈물이 줄줄 흐른 줄.

소반마다 거둬 모으느라 손발이 수고롭고

아침마다 볕을 쬐랴 마음 썼겠지.

어린 종이 훔쳐 먹을세라 자주 살피면서

갊아 두곤 매양 올케에게 당부했으리.

지난해엔 쪼그리고 앉아 같이 깨물어 먹었는데

오늘 서로 헤어질 줄 어이 알았으랴.

이 딸이 늦둥이라 내 살뜰히 사랑커니

두 눈썹은 그린 듯하고 예쁜 태도도 많았지.

병든 어미 모시기를 제법 잘하고

응대에 민첩하고 넉넉하여 가르칠 것이 없었으니

부모가 아끼기를 세상에 드문 보배인 양

서로 자랑하기 입귀에는 침이 질질.

좋은 사위 가려서 늙마를 즐기쟀더니

뉘 알았으리? 여덟 살에 어버이를 다 잃을 줄이야.

나야 생이별에 애가 마디마디 무너지나

네 어미 어이 차마 널 버리고 죽단 말인가?

저승에서도 그 눈 응당 감지 못하리니

가슴 헤치며 말하려다 문득 절로 말문 막힌다.

邊城暖遲時物晚	변성난지시물만
七月櫻桃紅始慣	칠월앵도홍시관
西瓜云出茂山境	서과운출무산경
今歲積雨皆爛幻	금세적우개란환,
邑人擧手合兩拳	읍인거수합양권
誇說大者或幾然	과설대자혹기연
常時厭見如甕壜	상시염견여옹담
聽此噴飰遽堆前	청차분반거퇴전

平生愛嚼西瓜子	평생애작서과자
自笑嗜癖羊棗似	자소기벽양조사
西瓜不見子暇論	서과불견자가론
一夏公然負吾齒	일하공연부오치
兒來自京携一封	아래자경휴일봉
謂言小妹勤遠供	위언소매근원공
訢然剝食吐其殼	흔연박식토기각
頻仰紅白相橫縱	부앙홍백상횡종
仍憶糊裹寄託時	잉억호척기탁시
知汝戀我淚如絲	지여연아루여사
案收聚勞手脚	안수취로수각
朝朝出曝費心思	조조출폭비심사
顧眄頻防婢兒竊	고면빈방비아절
藏置每囑兄嫂說	장치매촉형수설
前年抱褻同噉食	전년포슬동담식
豈道今日此相別	기도금일차상별
此女晚出我絕愛	차여만출아절애
雙眉如畫多竗態	쌍미여획다묘태
扶護病母能適意	부호병모능적의
應對敏給無煩誨	응대민급무번회
父母寶若希世珍	부모보약희세진
相矜口角雙流津	상긍구각쌍류진

116

儗選佳婿娛晚景　　의선가서오만경

誰謂八齡訣兩親　　수위팔령결양친

我今生離腸寸毀　　아금생리장촌훼

汝母何忍棄汝死　　여모하인기여사

泉下之日應不閉　　천하지일응불폐

欲說攤胷遽自止　　욕설탄흉거자지

　　－「어린 딸이 보낸 수박씨를 받고서(答女兒西瓜子·답여아서과자)」,

『원교집(圓嶠集)』 권2

　　여덟 살 어린 딸이 아버지가 평소 여름이면 즐기던 수박씨를 여름 내내 모아서 말려 보내왔다. 작은 소반에 수박씨를 넣어 햇살에 말리는 딸아이의 조막만 한 두 손이 눈앞에 그려진다.

　　원교 이광사는 1755년 백부 이진유李眞儒로 말미암아 을해옥사乙亥獄事, 나주괘서사건에 연좌되어 함경도 부령에서 7년간, 다시 전라도 신지도로 이배되어 총 23년간 유배를 살다가 신지도 적소謫所에서 일흔 셋의 나이에 생을 마감한 사람이다. 그의 아내 문화 유씨는 옥사가 일어나자 남편 이광사가 죽음을 면치 못할 것이라 여겨 남편과 두 아들에게 유서를 남기고 자결하였다. 그리하여 풍비박산이 난 집안의 일곱 살 막내딸은 올케의 손에 길러지게 되었다. 그래서 이광사는 죽은 아내를 대신하여 자상하고 곡진한 가르침을 담은 편지를 딸에게 보내곤 하였다. 늘그막에 얻은 귀여운 딸이라 애틋한 정을 달랠 길 없지만, 어머니를 대신해 일상생활의 규범을

샅샅이 가르치기도 하였다.

다음은 이광사가 유배를 간 이듬해 5월 12일 딸에게 보낸 편지인데, 조선 시대 사대부가의 여자아이가 익혀야 할 크고 작은 생활 교육이 고스란히 담겨 있다.

날마다 일찍 일어나 요와 이불을 제 손으로 개어 일정한 자리에 두고, 빗자루를 내려 잔 자리를 깨끗이 쓸고, 머리는 얼레빗으로 가리고 빗을 담아 넣어라. 더러 거울을 보고 눈썹과 살쩍을 족집게로 뽑고, 빗살을 깔끔히 쳐서 빗때를 말끔히 없애고, 낯 씻고 양치하고 다시 이마와 살쩍을 빗질로 매만지고 빗상자(경대)를 정리하여라. 세수수건은 늘 제자리에 두고, 무릎 꿇고 앉아 한글 한번 죽 읽고, 한자는 약간 정한 대로 읽어라. 새언니에게 배울 때 먼저 바느질하기 쉬운 것이나 솜 두고 솜 피는 일 따위부터 배워 보고, 음식은 알기 쉬운 간 맞추기, 삶기, 고기 저미기, 생선 배 가르고 채치기를 배우고, 나무새, 젓갈, 김치, 장 담그기 따위도 마음 여기 알아 두어라.

밥상이 오면 무릎을 모으고 공경스럽게 먹고, 먹은 뒤에는 단정히 무릎 꿇고 앉아 조금 있다가 한글 두 줄과 한자 한 줄을 베껴라. 벼루를 거두어 한자리에 두고, 규정대로 두 오라비에게 문자 약간을 가르쳐 달라 하고, 바느질 등 여러 가지를 복습해라. 하는 일 없거든 바른 몸가짐으로 단정히 꿇

어앉아 있어라. 두 올케가 틈이 없어 미처 못 치운 것이 있
거든 꼼꼼히 살폈다가 자주 일어나 수고를 대신하여라. 올
케가 시키거든 공경스럽게 '네' 하고 바로 일어나 게으름 피
우지 말고 봉행하여라. 꾸지람이 있거든 부끄러운 줄 알고
고칠 생각 하고, 염체 뿌로통한 눈치나 성난 대답 해선 못쓰
느니라.

저녁 먹을 때도 아침과 같이 하고, 저녁 먹은 뒤에는 두 오
라비에게 옛 어른의 아름다운 언행을 여쭈어 보고, 가슴에
새겨 배울 생각 하고 평소의 행실은 올케에게서 배운 대로
마음에 새겨 이를 행해라. 등불이 켜지거든 더러 읽기도 하
고, 바느질도 하고, 혹은 다른 일도 하되 올케에게 물어 규
정대로 해라.

자리에 들려거든 쓰던 기물을 정리하고 누울 자리를 정리하
고 이불과 요를 제 손으로 펴고, 저고리와 바지를 벗어 얌전
히 개어 한곳에 두고, 잘 때는 섬돌 아래 내려가지 마라.

제사나 명절에 참례할 때는 손을 씻고 깨끗한 옷을 입고 제
수 만드는 것을 돕고, 예법대로 제사에 참여하여라.

이밖에 빠뜨린 말은 두 오라비에게 여쭈어 써 달라 하여라.

이렇게 부지런히 행하면 멀리 떠나 있는 늙은 아비가 기뻐
서 시름도 잊을 것이요, 또한 인자한 어미의 넋도 위로받을
수 있으리라.

― 「딸에게 보내는 말(寄女兒言 기여아언)」

부인이 살아 있었더라면 하나하나 잔소리 삼아 딸에게 깨우쳐 주었을 범절凡節이 아버지의 편지에 빼곡하게 들어 있다. 딸이 보내온 수박씨를 입에 넣고서 목이 메었을 원교의 모습이 눈에 선하다.

중국에 사신으로 가는 아들에게 / 서영수합, 홍석주

중국 북경에 사신으로 가는 길을 연행燕行이라 한다. 연행에 참
여하는 자들은 주변의 가족, 친지, 지인들로부터 적잖은 송서문
과 증별시贈別詩를 받은 뒤 멀고 험한 길에 오른다. 연행 도중 공적
으로 오가는 공문과 함께 사신私信 역시 오갔기 마련인데, 여기 늙
은 어미가 연행 간 아들에게 보낸 시가 한 편 있다. 1803년 서영수
합徐令壽閤, 1753-1823이 서장관이 되어 중국 연경으로 간 큰아들 홍
석주洪奭周, 1774-1842에게 부친 시이다.

차가운 겨울바람 벌써 닥쳤는데
길 떠난 너 옷은 춥지 않느냐?
이런 생각하느라 마음 졸이니
자주자주 잘 있다는 소식 전하렴.
凉風忽已至   량풍홀이지
游子衣無寒   유자의무한
念此勞我懷   념차로아회

121

種種報平安　　종종보평안

―「중국으로 사신 가는 아들에게, 계해년(寄長兒赴燕行中 기장아부연행중, 癸亥 계해)」, 『영수합고(令壽閤稿)』

당시 홍석주의 나이는 30세였다. 막중한 임무를 맡아 먼 사행 길을 떠나는 아들의 안부를 염려하는 어머니의 목소리가 옷은 춥지 않은지, 자주자주 소식 전하라는 말에 고스란히 담겨 있다.

몸에는 어머님 손수 지으신 두둑한 갖옷 입었으니
새벽에 바람 불고 눈 내려도 추위를 모르겠습니다.
북녘으로 가는 농서 땅 삼백 리 길
어찌하면 날마다 평안하다 안부 아뢸 수 있을까요?

身上重裘手中線　　신상중구수중선

曉來風雪不知寒　　효래풍설부지한

北去隴西三百里　　북거롱서삼백리

那能日日報平安　　나능일일보평안

―「어머님께서 부쳐 보낸 시에 삼가 차운하다
(敬次慈親寄示韻 경차자친기시운)」, 『연천집(淵泉集)』

아들 홍석주는 어머니가 쓴 운자를 그대로 받들어 답장의 시를 부쳤는데, 소박한 어투로 어머니께 아뢰듯 시를 지어 올렸다. 어머니가 손수 지어 준 갖옷을 입고 있어 겨울 새벽 추위도 춥지 않다며 어머니를 안심시키는 한편, 이제 북쪽으로 길을 가면 갈수록 안부 편지를 자주 전할 수 없는 형편임을 넌지시 전했다.

이처럼 모자간 특별한 수창을 남긴 서영수합과 홍석주의 집안은 조선 후기에 보기 드물게 온 가족이 시문으로 이름났었다. 서영수합은 승지 홍인모洪仁謨의 부인으로, 아버지는 강원도 관찰사와 이조참판을 지낸 서형수徐逈修이고, 어머니는 김창협金昌協의 증손녀이며 김원행金元行의 딸이었다.

그녀는 세 아들 석주, 길주吉周, 현주顯周와 두 딸을 두었다. 장남 홍석주는 1795년정조 9년 문과에 급제하여 좌의정에까지 올랐던 인물이다. 그는 당대에 전통적인 주자학과 문장으로 명성을 얻었다. 차남 홍길주는 20세도 안 되어 문장에 통하여 경전에 정통하였으나 과거에 뜻이 없어 평생 과장科場에 나가지 않았고 말년에 지방관으로 가는 곳마다 선정善政을 베풀었던 인물이다. 홍현주는 숙선옹주淑善翁主를 아내로 맞아 영명위에 봉해졌다. 두 딸 중 유한당幽閒堂 원주原周 역시 당대의 뛰어난 여류 시인이었다.

오라버님,
쌀 좀 보내 주세요 / 김호연재

가정 살림이 어려워 쌀을 꾸어야 할 지경에 이르러서도 시원스
럽게 시 한 수 지어 당당하게 쌀을 꾼 사대부가의 여성이 있었다.
그녀의 당호는 시원스러운 성격답게 호연재浩然齋였다. 그녀가 고
을 원님에게 쌀을 꾸기 위해 쓴 시를 읽어 보자.

호연당 위의 호연한 기상

아름다운 산수간[50] 사립문에서 호연함을 즐기지요.

비록 호연함이 즐겁긴 하나 곡식에서 생기니

삼산[51] 원님께 쌀을 꾸는 것도 호연함이지요.

浩然堂上浩然氣

호연당상호연기   호연당 우희 호연흔 긔운이

....

50) 원문의 '운수(雲水)'는 곧 운수향(雲水鄕)으로, 구름과 물이 질펀한, 풍경이 맑고 그윽한
   곳, 흔히 은자가 거처하는 곳을 이른다.
51) '삼산(三山)'은 충청도 보은을 말한다.

雲水柴門樂浩然

운수시문락호연　　운슈 싀문의 호연을 즐긔ᄂᆞᆫ도다

浩然雖樂生於穀

호연수락생어곡　　호연이 비록 즐거오나 곡식의셔 나ᄂᆞ니

乞米三山亦浩然

걸미삼산역호연　　ᄡᆞᆯ을 삼산의 빌미 ᄯᅩᄒᆞᆫ 호연ᄒᆞ미로다

－「쌀을 삼산 고을 원님에게 꾸다(乞米三山守 걸미삼산수 ᄡᆞᆯ을 삼산 원의게 비노라)」, 『호연재유고(浩然齋遺稿)』

'호연浩然'을 여러 번 반복하여 얼핏 말장난 같은 느낌이 드는 시이다. 쌀을 꾸면서 '호연'을 다섯 번이나 반복한 것도 재미있지만, '호연'은 '호연하다'라는 서술어로 읽을 수도 있고 '호연재' 자신을 가리키는 말로 읽을 수도 있어 더욱 유쾌하다. 이 시는 "호연당 위의 호연한 기상, 구름과 물의 사립문 즐거운 호연재. 호연재가 즐겁긴 해도 곡식으로 사니, 삼산의 원님께 쌀을 꾸는 것도 호연재"라고 읽을 수도 있다.[52] 궁핍한 처지에서도 활달한 기상과 유머 감각을 잃지 않는 호연재의 여유를 엿볼 수 있다.

그런데 호연재가 제 오라버니에게 쌀을 청할 때 쓴 시는 위 시와 무척 어조가 다르다.

....

52) 박무영 외, 『조선의 여성들, 부자유한 시대에 너무나 비범했던』(돌베개, 2004) 160~161쪽 참조.

해가 비단 창에 뜨면 문득 다시 걱정이 되니

빈손으로 배부르기 구하나 계책이 없어요.

두 분 오라버니께서는 배 위의 쌀을 아끼지 말고

보내 주시어 이 누이의 구복 걱정 풀어 주세요.

日出紗窓輒復憂

일출사창첩부우   히 사창의 나매 믄득 다시 근심ᄒ니

空拳求飽計無由

공권구포계무유   빈 주먹으로 비 브ᄅ기를 구ᄒ니 계괴 업도다

兩兄莫惜船頭米

양형막석선두미   두 형은 비 우희 ᄡ을 앗기디 말아

送解妹兒爲腹愁

송해매아위복수   보내여 미ᄋ의 비를 위ᄒ 근심을 프ᄅ소셔

－「둘째 오빠에게 편지를 보내 쌀을 꾸다(簡仲氏[53]乞米 간중씨걸미

둥시ㄱ 편지ᄒ여 ᄡ을 비다)」,『호연재유고』

해가 뜨면 바로 아침 끼니가 걱정인 처지니, 어서 이 누이에게
쌀을 보내어 구복 걱정 풀어 달라고 호소하고 있다. 아무런 가감도
없는 호연재의 사연이 오라버니와 누이 사이의 정을 더욱 실감케
한다.

53)『증조고시고(曾祖姑詩稿)』에는 '둥시(仲氏)'가 '휘 시윤(時閏)'이라 첨기되어 있다.

호연재는 시아주버니에게 편지를 보내 하소연하기도 하였다. 25세 되던 1705년 그녀가 제천현감으로 있는 시아주버니 송요경宋堯卿에게 보낸 친필 편지가 최근 발견되었는데, 그 내용은 이러하다. "아뢰옵기 극히 어렵사오나 장이 떨어지와 절박하오니 콩 서너 말만 얻자와도 장이나 담아 먹사오랴 하오되 아뢰옵기 젓사와 하옵니다."

김호연재金浩然齋, 1681-1722는 병자호란 당시 강화도에서 순절한 김상용金尙容의 자손인 김성달의 딸이다. 그녀는 홍주의 오두鰲頭[54]에서 태어나 그곳에서 유년 시절을 보냈는데, 출가하기 전까지 형제들과 어울려 시를 짓곤 하였다. 19세에 대전의 은진 송씨 문중으로 출가하였는데, 남편 송요화宋堯和는 동춘당同春堂 송준길宋浚吉의 증손자였다. 이들 부부는 1남 1녀를 두었다. 그녀는 대전광역시 송촌동에 지금도 보존되어 있는 소대헌小大軒 고가에 살면서 틈틈이 한시를 지었다. 그녀의 시편들은 소대헌 고가에서 여러 자료들과 뒤섞여 묶인 채로 보관되어 왔다. 김호연재가 직접 제작한 친필 수고본은 소재를 확인할 수 없고, 현재는 후손에 의해 정리된『호연재유고浩然齋遺稿』와『증조고시고曾祖考詩稿 상, 하』가 전해지고 있다.[55]

----

54) 지금의 충남 홍성군 갈산면 오두리.
55) 민찬,『김호연재의 한시 세계』(다운샘, 2006) 147쪽 참조.

여보게,
인편에 편질랑 부치지 말게 / 이산해

이산해李山海, 1539~1609는 23세 때 벼슬살이에 처음 발을 디딘 후로 청환현직淸宦顯職을 두루 거쳐 50세에 우의정, 52세에 영의정에 오르고 광국공신光國功臣에 책록되어 아계부원군鵝溪府院君에 봉해졌던 인물이다. 이렇듯 벼슬살이를 해 오는 동안 그는 문필文筆로 이름을 떨치는 한편 동인東人의 영수로 활약하였다.

1592년 임진왜란이 일어나자 이산해는 유성룡과 함께 서수론西狩論을 주장, 어가가 의주로 몽진蒙塵하는 데 결정적 역할을 했으나, 이 일로 인하여 개성에서 탄핵을 받아 파직되고 평양에 가서는 다시 양사兩司, 사헌부와 사간원의 엄중한 탄핵을 받아 평해平海로 유배되었다. 이때 그의 나이 54세였다. 유배 생활을 하는 3년 동안 그는 많은 시를 지었는데, 그중에는 멀리 있는 두 사위에게 안부를 묻고 전하는 편지시도 있다.

우원[56]에서 부여잡고 눈물이 옷깃에 가득했더니
작별한 뒤 삼 년 동안 소식이 모두 끊겼네.

병들었단 말 얼핏 들었으나 자세히 모르겠고

벼슬을 그만두었단 말은 혹 헛소문이 아닌지?

검은 머리 화기 찬 얼굴은 옛날 그대로인지?

약한 아내며 어린 자식들은 어떻게 지내는가?

소리 죽여 흐느껴 울어도 모두 부질없으니

전란에 잃은 자식을 애써 기다리지 말게나.

牛院相扶淚滿裾	우원상부루만거
別來三載斷音書	별래삼재단음서
似聞患恙猶難悉	사문환양유난실
且說休官倘不虛	차설휴관당불허
綠鬢韶顔能似舊	록빈소안능사구
弱妻癡子更何如	약처치자갱하여
呑聲惻惻皆無益	탄성측측개무익
莫向於菟苦倚閭	막향어토고의려

－「두 사위에게 부치다(寄二壻 기이서)」,
『아계유고(鵝溪遺稾)』권2

유배지에 있고 보니 사위가 병이 들었다는 소문도 벼슬을 그만
두었다는 소식도 확인할 길이 없다. 더욱 궁금한 것은 몸이 약한

56) 우원(牛院)은 평안도 운산군(雲山郡)의 동쪽 60리에 위치해 있다.

딸과 어린 손자들의 안부다. 그저 걱정이나 할 수밖에 없는 처지가
더욱 가련하다.

대궐 문 앞에서 말 타고 떠나는 것 본 지가
지금에 회상하니 너무나 아득하기만 하구나.
이 몸은 유배지에서 근근이 연명하는데
영해[57]에서의 문장은 소싯적보다 훨씬 낫구나.
시름 속에 때로 속절없이 달을 보나니
봄 들어선 밤마다 두견새가 저리 울어대네.
인편에 잘 있다는 편질랑 부치지 마시게
매양 정겨운 편지 뜯으면 마음이 아득하다네.

丹鳳門前看着鞭	단봉문전간착편
卽今相憶杳天淵	즉금상억묘천연
瘴鄕眠食餘殘喘	장향면식여잔천
嶺海文章勝妙年	영해문장승묘년
愁裏有時空望月	수리유시공망월
春來無夜不啼鵑	춘래무야불제견
憑人莫寄平安信	빙인막기평안신
每拆情緘只憫然	매탁정함지망연

— 『아계유고』 권2

....

57) '영해(嶺海)'는 평해를 이른다.

130

이번에는 자신의 안부를 전하고 있다. 자신은 평해에서 그럭저럭 연명하고 있으니 걱정하지 말라 하고, 또 오히려 시문은 환로에 있을 때보다 더 나아졌다고 자랑했다. 그러면서도 끝내 가족 보고 싶은 마음을 누르지 못했다.

이산해는 임진왜란이 일어난 해 겨울에 한음漢陰 이덕형李德馨의 부인이 된 둘째 딸을 잃었다. 그녀는 왜적이 곧 당도할 것이라는 소문을 듣고 바위에서 뛰어내려 죽었다. 이에 조정에서는 그의 마을에 정문旌門을 세워서 절의를 나타내도록 했다. 이산해는 이 딸의 죽음을 유배지에서 한 해 뒤에 전해 듣고서 다음과 같이 애절한 마음을 시로 읊었다.

골짜기에 초빈해 둔 채 아직 무덤도 없다지
지난해에 죽은 너를 올해 들어 들었노라.
날마다 산에 올라 하염없이 북녘을 바라본 뜻은
행여 하늘 저 멀리 너의 넋이라도 올까 해서니라.

峽中孤殯未成墳　　협중고빈미성분
去歲存亡此歲聞　　거세존망차세문
日日登山長北望　　일일등산장북망
天涯倘有遠來魂　　천애당유원래혼

131

조카가 보내온
대빗자루 / 이익

어느 날 성호星湖 이익李瀷, 1681-1763이 조카 이당휴李堂休로부터
대빗자루를 선물 받고서 답례로 한 수 시를 써 보냈다.

시원스러운 대빗자루를 이렇게 부쳐 왔나니
푸른 옥 한 다발을 꼭꼭 잘도 묶었구나.
또한 알리라, 산문에서 지팡이 짚고 신 신고
자네 위해서 떨어진 꽃잎을 거듭 쓸리라는 것을.

飋飋竹帚寄將來　　시시죽추기장래
整束琅玕綠一圍　　정속랑간록일위
也識山門便杖屨　　야식산문편장구
爲君重掃落花開　　위군중소락화개

　　　－「족질 성긍 당휴가 대빗자루를 준 데 사례하다(謝族姪聖肯堂休惠竹帚
　　　　　　　　사족질성긍당휴혜죽추)」『성호전집』권2

조카가 보낸 빗자루는 푸른 옥 같은 대나무를 잘게 쪼개어 꼭꼭

묶은 대빗자루로, 마당을 쓸기에 안성맞춤이었으리라. 첫 구의 '颼颼시시'는 대빗자루로 시원스럽게 마당을 쓸 때 나는 소리인 듯싶다. 3, 4구는 '이 빗자루로 우리 집 문 앞을 쓸어 놓을 터이니, 자네 어서 오게나'라는 뜻이다. 대빗자루 같은 소박한 생활용품을 보낸 조카의 마음 씀씀이도 맑으려니와 그 빗자루로 저물어 가는 봄날 마당을 쓸며 조카를 기다리는 숙부의 마음도 맑고 맑다.

이 시처럼 대빗자루로 봄날 떨어진 꽃잎을 쓰는 풍경은 시인들의 시에서 곧잘 보이곤 한다. 김시습金時習은 시 「춘귀春歸」에서 "꽃을 쓸려고 대 엮어 비를 매고, 밭에 물 대려고 산 샘물 끌어온다掃花編竹帚 소화편죽추, 灌圃引山泉 관포인산천"라 읊었다. 또 위 시의 작가 이익은 순흥順興의 부석사浮石寺 벽에서 황고산黃孤山[58]이 장초章草, 초서의 한 가지로 쓴 시를 다음과 같이 옮겨 적어 놓기도 하였다.

한 그루 복사꽃 하마 져서 절반이라
부처님 궁전 앞에 소복이 깔렸구려.
산승은 청란미를 손에 들고서
동녘 바람 등지고 낙화를 쓰네.
一樹桃花一半空   일수도화일반공
不堪狼藉梵王宮   불감낭자범왕궁

---

58) 조선 중종 때의 명필로, 이름은 기로(耆老)다.

山僧手把靑鸞尾　　산승수파청란미

背却東風掃落紅　　배각동풍소락홍

산승이 손에 든 청란미靑鸞尾는 대빗자루[竹箒]를 말한다. 이익은
이 시를 옮겨 놓고 이렇게 평하였다.

"내가 30년 전에 보니 먹 흔적이 갓 쓴 것 같았으나 다만 자연미
가 부족했다. 이는 뒤에 와서 개칠한 듯했으며, 시 역시 좋은데 누
가 지었는지 알 수 없었다. 혹은 바로 고산孤山의 자작이라고도 하
는데, 아무튼 욈 직한 시다."(『성호사설星湖僿說』 권30)

저무는 봄날 마당에서 나도 소복이 깔린 붉은 복숭아 꽃잎을 스
윽스윽 대빗자루로 쓸고 싶게 만드는 시작들이다.

묏버들 가려 꺾어
보내노라 / 홍랑, 최경창

　아름다운 사랑 이야기는 예나 지금이나 사람들에게 들려주고 싶은 좋은 소재다. 전라남도 영암에는 삼당시인의 한 사람인 최경창과 홍랑洪娘의 사랑 이야기가 전해지고 있다.

　고죽孤竹 최경창은 영암군 군서면 구림리에서 나고 자랐는데, 어려서부터 영특하고 그림, 악기 연주, 활쏘기 등 재주가 많았다. 1568년 과거에 합격한 최경창은 5년 후인 1573년 함경도 경성鏡城에 북해평사北海評事로 부임하였다. 이때 최경창의 나이 34세로, 기생 홍랑을 만나 깊이 사랑하였으나 다음 해 다시 서울로 돌아가면서 둘은 헤어질 수밖에 없었다. 당시 함경도와 평안도 사람들은 허가를 받지 않으면 도경계선 밖으로 나가지 못하는 금령禁令이 있었기에 홍랑은 쌍성雙城, 지금의 영흥까지 따라왔다가 울면서 돌아갔다. 이때 최경창은 홍랑에게 다음과 같은 시를 써 주었다.

　　고운 뺨에 두 줄기 눈물 흘리며 봉성을 나서니
　　이별하는 마음에 새벽 꾀꼬리도 저리 우는가?

비단 적삼에 고운 말 타고 강 건너갈 때

풀빛만 아스라이 홀로 가는 그대 전송하겠지.

玉頰雙啼出鳳城   옥협쌍제출봉성

曉鴬千囀爲離情   효앵천전위리정

羅衫寶馬汀關外   라삼보마정관외

草色迢迢送獨行   초색초초송독행

말없이 바라보며 그윽한 난초를 주노라

이제 하늘 끝으로 떠나면 어느 날에나 돌아올까?

함관령에 올라 옛 노래를 부르지 마시오.

지금까지도 비구름에 청산이 어둡나니.

相看脉脉贈幽蘭   상간맥맥증유란

此去天涯幾日還   차거천애기일환

莫唱咸關舊時曲   막창함관구시곡

至今雲雨暗靑山   지금운우암청산

　　　　　　　－「헤어지며 주다(贈別 증별)」, 『고죽유고』

이렇게 헤어진 뒤 최경창이 함관령에 이르러 한 주막에서 쉬고
있는데, 홍랑이 사람을 시켜 비단에 곱게 쓴 시조 한 수를 편지로
보내왔다.

묏버들 갈히 것거 보내노라 님의 손디

자시는 창 밧긔 심거 두고 보쇼셔

밤비예 새닙곳 나거든 날인가도 너기쇼셔

이 시를 받은 최경창은 영원히 이 노래를 전하기 위해 한시로 옮겨 적고 제목을 「번방곡飜方曲」이라 하여 자신의 문집에 남겼다.

이후 서울로 돌아온 최경창이 병으로 몸겨눕자 홍랑은 국법까지 어겨가면서 7일 밤낮을 걸어 서울로 찾아왔다. 이 일이 빌미가 되어 최경창은 사헌부의 탄핵을 받고 관직에서 파면을 당하기도 하였다. 최경창이 죽은 뒤 홍랑은 경기도 파주군 교하면 다율리에 위치한 해주 최씨의 선산으로 달려가 묘 옆에 움막을 짓고, 다른 남자의 접근을 막기 위해 얼굴에 자상刺傷을 내어 일부러 흉터를 만들고 씻지도 꾸미지도 않고 3년 동안 시묘를 살았다고 전한다. 이처럼 절개를 지킨 홍랑은 후에 임진왜란이 일어나자 최경창의 작품을 손수 안전한 곳으로 옮겨 보관해 후세에 남겼다. 이러한 홍랑의 절개에 감동한 최씨 문중에서는 홍랑이 세상을 떠나자 문중 선산에 홍랑을 묻어 주었다.

이화우 흩날릴 제
울며 잡고 이별한 님 / 유희경,매창

전라북도 부안에 가면 매창공원이 있다. 최근에는 서울 도봉동 북한산국립공원 생태공원 내 천변에 새로 시비가 하나 세워졌다. 이 시비에는 만년에 도봉산의 산수를 사랑해서 도봉서원 인근에 임장林莊을 지어 기거하다 여생을 마친 촌은村隱 유희경劉希慶, 1545-1636 [59]과 전라북도 부안 기생 매창梅窓, 1573-1610[60]이 주고받은 사랑의 노래가 새겨져 있다.

먼저, 널리 알려진 매창의 시조 한 수부터 읽어 보자.

이화우梨花雨 흩날릴 제 울며 잡고 이별離別한 님

추풍낙엽秋風落葉에 저도 날 생각는가

---

59) 본래 천민 출신이었지만, 양주 목사로서 도봉서원을 건립한 남언경(南彦經)에게서 『문공가례(文公家禮)』를 배워 국상(國喪)에 자문할 정도로 예(禮)에 밝았다. 임진왜란 당시 의병을 일으킨 공로 등을 인정받아 품계가 종2품 가의대부(嘉義大夫)에까지 올랐다. 박순(朴淳)에게 당시(唐詩)를 배워 시에도 능하여, 당대 명사들의 인정을 받아 널리 교유하였다.

60) 이름이 계생(桂生.) 또는 계생(癸生), 계랑(癸娘), 향금(香今)이고, 자가 천향(天香), 호가 매창(梅窓), 섬초(蟾初)였다.

천리千里에 외로운 꿈만 오락가락 하노매.

하얀 배꽃이 비처럼 날리던 봄날 울며 잡고 헤어진 님, 그 님도
나처럼 가을바람에 떨어지는 낙엽 보며 여전히 날 그리워하는지?
만날 수 없는 처지라 오직 꿈길에만 님을 찾아갈 뿐이다.
또 매창은 한시로도 간절한 그리움을 읊었다.

그리운 마음 말로는 못하니
하룻밤 시름에 머리가 다 세었지요.
이 몸이 얼마나 그리는지 알고 싶거든
금가락지 얼마나 헐거워졌는지 보세요.

相思都在不言裡	상사도재불언리
一夜心懷鬢半絲	일야심회빈반사
欲知是妾相思苦	욕지시첩상사고
須試金環減舊圍	수시금환감구위

　　　　　　　　　－「규방의 원망(閨怨 규원)」,『매창집(梅窓集)』

매창이 이토록 그리워한 님이 바로 유희경이었다. 그들이 처음
만난 것은 유희경의 나이 46세쯤으로, 임진왜란이 일어나기 직전
인 1591년경이라 추정된다. 당시 유희경과 백대붕白大鵬이 위항시
인委巷詩人으로 유명했었는데, 익히 유희경에 대해 알고 있던 매창
이 처음 유희경을 만났을 때 "유희경과 백대붕 중 어느 분이십니

까?" 하고 물었다고 한다.

한편 유희경은 매창을 처음 만난 느낌을 이렇게 읊었다.

일찍이 들었지, 남쪽 고을 계랑의 명성

시와 노래 솜씨가 한양까지 울렸지.

오늘에야 참모습을 대하고 보니

하늘에서 내려온 선녀인 듯하네.

曾聞南國癸娘名   증문남국계랑명

詩韻歌詞動洛城   시운가사동낙성

今日相看眞面目   금일상간진면목

却疑神女下三淸   각의신녀하삼청

- 「계랑에게(贈癸娘 증계랑)」, 『촌은집(村隱集)』 권1

이후 유희경과 매창은 여러 편의 시를 지어 주고받으면서 사랑
을 나눴으나 그 사랑은 전쟁으로 인해 오래 지속되지 못했다. 하지
만 전쟁과 역경이 그들의 그리움까지 막지는 못했다. 유희경 역시
매창에 대한 애끓는 그리움을 담아 다음과 같이 시를 지었다.

그대의 집은 부안에 있고

나의 집은 서울에 있어,

그리워도 서로 보지 못하니

오동나무에 비 뿌릴 젠 애가 끊기네.

娘家在浪州　　낭가재낭주

我家住京口　　아가주경구

相思不相見　　상사불상견

腸斷梧桐雨　　장단오동우

ー「계랑을 그리며(懷癸娘 회계랑)」, 『촌은집』권1

붉은 봄꽃처럼
시들까 봐 / 이옥봉

오지 않는 님을 기다리며 거울 앞에서 화장을 하는 여인을 상상
해 보라. 시나브로 저무는 봄날 붉은 꽃처럼 시들까 봐 수심에 젖
어 있는 여인을 그려 보라.

기약하고 어찌 이리 돌아오지 않나요?

뜰에 핀 매화도 지려 하는데.

문득 들려오는 가지 위 까치 소리에

부질없이 거울 보며 눈썹 그려 봅니다.

有約來何晩	유약래하만
庭梅欲謝時	정매욕사시
忽聞枝上鵲	홀문지상작
虛畵鏡中眉	허화경중미

－「규방의 원망(閨怨 규원)」, 『국조시산』

매화 필 때 님과 만날 것을 약속했으나 매화가 지려 해도 님은

오지 않는다. 어느 날 아침 나뭇가지 위에서 까치가 울자 행여 님이 오시지나 않을까 하는 설렘에 거울 앞에서 화장을 해 본다는 것이 이 시의 내용이다. 님과의 재회가 이루어질 수 없음을 알면서도 님을 위해 단장하는 여성의 심리가 잘 드러나 있다. 그래서 이 시의 매력은 마지막 구의 '부질없이[虛]'에 응축되어 있다.

위 시를 쓴 여성은 이옥봉李玉峰이다. 옥봉은 옥천군수 이봉李逢의 서녀로 태어나 조원趙瑗. 1544~1595의 소실이 되었는데, 임진왜란 직전 35세를 전후하여 사망한 것으로 추정된다. 조원의 현손인 조정만趙正萬이 편찬한 『가림세고嘉林世稿』의 뒷부분에 『옥봉집玉峰集』이 수록되어 있어 그녀의 시를 아직도 읽어 볼 수 있다.

허균은 옥봉의 시를 "맑고 굳세며 여성의 화장기가 없어 가작이 많다"고 평가했으며, 신흠과 홍만종 역시 옥봉이 허난설헌과 더불어 조선 제일의 여류 시인이라 높이 평가하였다. 또한 그녀의 시는 『명시종明詩宗』, 『열조시집列朝詩集』 등에 실려 중국에까지 알려졌다.

그런데 이렇게 시를 잘 쓰는 옥봉은 도리어 시재詩才 때문에 남편에게 버림을 받았다.

버들 숲 밖 강 언덕에 다섯 필 말[61]이 우는데
술 깨자 근심에 취하여 누각을 내려왔었지.

61) 고제에 태수가 외직에 나갈 때 사마(駟馬, 네 필의 말이 끄는 마차)에 다시 말 한 마리를 더 붙여 주었다. 이후 '다섯 필 말'은 태수의 별칭으로 쓰였다.

붉은 봄꽃처럼 시들까 봐 경대를 마주하고서

매화 핀 창가에서 반달 같은 눈썹을 그려 보네.

柳外江頭五馬嘶　　류외강두오마시

半醒愁醉下樓時　　반성수취하루시

春紅欲瘦臨粧鏡　　춘홍욕수림장경

試畵梅窓卻月眉　　시화매창각월미

- 「흥에 취해 님에게 보내다(漫興贈郞 만흥증랑)」, 『옥봉집』

1구와 2구에서는 남편이 떠날 때 버드나무 심어진 강둑길로 떠나는 님을 누대에서 물끄러미 바라보다가 근심에 취해 술을 마시고, 술이 깨면 근심을 잊으려고 다시 술을 먹다가 해가 기울어 누대에서 내려오는 장면을 그렸다. 3구와 4구에서는 낭군과 헤어진 뒤 그래도 부질없는 화장을 새로 한다고 하여 낭군을 기다리는 심정을 넌지시 전하였다.

옥봉이 남편에게 준 「운강에게 주다贈雲江 증운강」라는 시가 있다. 이 작품은 일명 「꿈속의 넋夢魂 몽혼」이라고도 전하고, 또 「자술自述」로도 알려져 있다.

요사이 안부는 어떠신가요?

창가에 달빛 이르면 제 한은 깊어만 가요.

만약 꿈속의 넋이 자취를 남길 수 있다면

문 앞의 돌길이 반쯤은 모래가 되었을 것을.

近來安否問如何	근래안부문여하
月到紗窓妾恨多	월도사창첩한다
若使夢魂行有跡	약사몽혼행유적
門前石路半成沙	문전석로반성사

-『옥봉집』

　운강雲江은 남편 조원의 호다. 쉬운 어투로 편지 쓰듯 쓴 시인데, 오랫동안 찾아오지 않는 님을 은근하게 원망하고 있다. 님을 향한 그리움의 정도를 구상화해 낸 결구가 매우 돋보이는 구절이라 하겠다.

　옥봉은 어려서부터 집안일이나 길쌈, 바느질 등에는 관심이 없고 글공부와 시 짓기를 즐겼는데, 시집갈 나이가 되어도 혼처를 쉽게 정하지 못하였다. 그러던 중 조원의 명성을 듣고 스스로 첩이 되고자 하였다 한다. 그런 옥봉이 소박을 맞았는데, 이수광의 『지봉유설』에서는 그 사연을 다음과 같이 소개하고 있다.

　어느 날 평소에 옥봉을 잘 알고 있던 이웃의 백정 아낙이 찾아와서 자기 남편이 남의 소를 잡다가 끌려갔으니, 형조에 소장을 써달라고 애걸했다. 옥봉은 그녀를 위해 소장에 "세숫대야로 거울을 삼고, 참빗에 물을 발라 빗습니다. 첩의 몸 직녀가 아닐진대, 낭군이 어찌 견우이겠습니까?面盆爲鏡洗 면분위경세, 梳頭水作油 소두수작유, 妾身非織女 첩신비직녀, 郎豈是牽牛 랑기시견우"라는 시구를 써 주었다. 이 소장을 본 당상관들은 곧 아낙의 남편을 석방하였다. 그런데 이 사실을 안 조원은 옥봉이 지나치게 재주가 승한 것을 못마땅하게 여겨 그녀를 내쳤다 한다. 아마도 위 시는 옥봉이 남편 조원에게서 내쳐진 다음 그가 다시 자신을 찾기를 바라며 쓴 것이 아닌가 싶다.

후에 위 작품은 널리 알려져 "꿈에 다닌 길이 자취 곧 날 양이면, 임의 집 창밖이 석로石路라도 닳으련마는 꿈길이 자취 없으니 그를 슬퍼하노라"라는 시조로 탈바꿈해 노래로 불리기도 하였다. 또한 서도소리의 대표격인 〈수심가愁心歌〉에는 "약사몽혼若使夢魂으로 행유적行有跡이면 문전석로門前石路가 반성사半成沙로구나 생각을 하니 임의 화용花容이 그리워 어이나 할꺼나"로 삽입되기도 하였다.

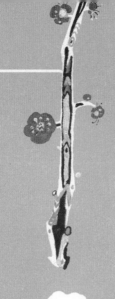

3부

대지팡이를
보낸 뜻

연암燕巖 박지원朴趾源, 1737-1805의 글 중에 어느 초가을 밤에 친구들, 문생門生들과 어울려 술에 취해 운종가雲從街[62]로 나가 종각 아래에서 달빛을 받으며 거닐던 일을 적어 놓은 글이 있다. 그 글에는 "이때 종루의 밤 종소리는 이미 삼경三更 사점四點, 밤 12시 반쯤이 지나서 달은 더욱 밝고, 사람 그림자는 길이가 모두 열 발이나 늘어져 스스로 돌아봐도 섬뜩하여 두려움이 들었다. 거리에서는 여러 마리의 개들이 어지러이 짖어 댔는데, 희고 여윈 큰 맹견 오獒 한 마리가 동쪽에서 다가오기에 뭇사람들이 둘러싸고 쓰다듬어 주자, 그 개가 기뻐서 꼬리를 흔들며 고개를 숙이고 오랫동안 서 있었다"로 시작하여, 중국 사행 길에 들여온 몽고산 맹견 오에 대한 서술이 한참 동안 길게 이어지는 대목이 있다. 그 자리에 함께 있었던 이덕무는 그 개에게 '호백豪伯'이라는 자를 지어 주며 사라진 개를 친구 찾듯이 "호백! 호백! 호백!" 하고 부르기도 한다.

박지원은 어째서 한밤의 취중 산책에서 이리 장황하게 맹견 이야기를 늘어놓았을까? 그는 덩치가 매우 큰 맹견이지만 못 먹어서 비쩍 마른 오에게서 능력 있고 뜻이 크지만 세상의 현실에서 소외

62) 한양의 종로 네거리 종루(鐘樓). 종각(鐘閣) 근처에 있던 다리 이름이 운종교다.

된 채 가난하게 살아가는 자신들의 모습을 보았다. 그들은 우리나라에 들어와 대부분 굶어 죽었는데, 항상 혼자 다니고 다른 개들과 어울리지 못하는 그 모습에서 소인배들로부터 비난과 공격을 받으며 결국 제 역량을 발휘하지 못하고 사라질 자신들의 운명을 보았던 것이다.

이런 묘사를 우리는 알레고리라고 한다. 직접 드러내어 바로 하지 않은 말 속에 어떤 뜻이 숨겨져 있고, 그 뜻을 가만히 찾아서 읽어 내면 한층 더 의미심장해지는 그런 글들.

여기서는 주로 벗들 간에, 동료 간에 시 한 수 보내서 하고 싶은 말을 넌지시 전하는 편지시들을 골라 봤다. 대지팡이를 보내 이제 그만 정치에서 물러나는 것이 어떤가 권하기도 하고, 당귀 싹을 보냄으로써 벗에게 귀거래를 권하기도 하였다. 또 지방관으로 떠나는 벗에게 부채에 그림과 시를 써서 선물하며 은근한 마음을 전하는가 하면, 시골 아낙이 들일 나간 남편의 점심밥을 이고 가다가 호박잎 하나 뚝 따서 국그릇을 덮는 마음으로 목민관의 소임을 다할 것을 살짝 전하기도 한다. 노골적으로 드러내지 않으면서 도리어 할 말은 다하는 권계勸誡와 풍자의 시를 읽는 재미를 기대하며 한 수 한 수 읽어 보기를 바란다.

흰떡과
묵은 김치 / 서거정

묵은 김치를 선물로 보내면서 덤으로 시큼한 묵은지 맛만큼이나
뭉근한 풍자를 함께 담아 보낸 시가 있다.

우리 집엔 한두 항아리 묵은 김치가 있어

늙은 아내가 조석으로 나에게 권한다네.

육식 먹는 그대야말로 이걸 어디에 쓰랴만

흰떡과 묵은 김치는 본디 미혹되는 법일세.

吾家一兩甕鹽虀　　　오가일량옹염제

相勸朝昏有老妻　　　상권조혼유노처

肉食如君將底用　　　육식여군장저용

白餻黃菜故應迷　　　백고황채고응미

－「묵은 김치를 강진산에게 보내면서 장난삼아 28자를 바치다
(以黃虀餉姜晉山 이황제향강진산, 戱呈二十八字 희정이십팔자)」
『사가집』 권40

묵은 김치를 선물한 이는 서거정이고, 받은 이는 진산晉山 강희맹姜希孟이다. 서거정이 강진산이라 부른 것을 보니, 강희맹이 1468년예종 즉위년 남이南怡의 옥사를 다스린 공으로 익대공신 3등에 책봉되어 진산군晉山君에 봉해진 뒤 탄탄대로 관직 생활을 할 때인 듯하다. 시에서 "육식 먹는 그대"라 한 것이 바로 이를 이름이다. 자기 집에 묵은 김치가 많아서 벗에게 별미로 한번 맛보라고 보낸다고 하면서, 맛있는 흰떡도, 그저 잠깐의 별미에 불과한 묵은 김치도 본디 미혹되는 음식이라 하였다. 수수께끼 같은 시이지만, 이 시에 달린 재미있는 자주自註를 보면 무슨 말을 하는지 알 수가 있다.

옛날에 한 늙은이가 계집종을 훔쳐 잠 자기를 좋아하여 어느 날 밤에 남몰래 계집종의 침소로 들어갔는데 계집종이 간諫하여 말하기를, "마님께서는 부드러운 살결이 마치 흰떡〔白餅〕 같은데, 어찌하여 이 추악한 계집종을 훔치려 하십니까?" 하므로 그 늙은이가 말하기를 "흰떡에 묵은 김치〔黃菜〕를 곁들이면 더욱 좋으니라" 했다는 얘기가 있어 세속에서 이로 인하여 계집종을 묵은 김치라 호칭한다.

그렇다면 강희맹이 근자에 비첩婢妾에게 푹 빠져 지내고 있었던 것이 아닐까? 여색을 경계하게 하려는 벗의 마음을 묵은 김치 속에 숙성시킨 시라 하겠다.

한편, 강희맹의 문집『사숙재집私淑齋集』에는 그가 용만(의주)에서 늙은 기생의 부채에 써 준 재미있는 시가 사연과 함께 전한다. 강희맹이 서도西都에 갔을 때 예전에 수청을 들었던 기생이 이미 늙은 것을 두고 "십 년 만에 다시 관서 땅에 이르니, 기생은 이미 머리가 하얗고 얼굴 또한 늙은일세十年重到關西地 십년중도관서지, 妓已皤皤容又翁 기이파파용우옹"라고 시를 썼다. 그리고 또 기생의 부채에 절구 두 수를 써 주었는데, 기생은 늙을수록 영락해져 매번 객이 서도에 이르면 부채의 시를 보여 주고 넉넉한 선물을 받았다고 한다. 부채에 강희맹이 쓴 시는 다음과 같다.

나는 아직 검은 머리, 너는 붉은 치마일 적에
취하여 거문고를 끼고서 통군정에 올랐지.
다시 용만에 이르니 진실로 꿈인 듯
만강운 곡조를 실컷 불어 봄도 괜찮으리라.

吾猶墨鬢汝紅裙   오유묵빈여홍군
醉把長琴上統軍   취파장금상통군
重到龍灣眞似夢   중도용만진사몽
不妨吹破滿江雲   불방취파만강운

십이 년 전에 헤어졌다가
다시 와 너를 만나니 꿈인가?
거울 속에 변한 모습 알지 못한 채

여전히 정을 품고 옛날을 이야기하네.

十二年前贈別離　　십이년전증별리

重來相見夢耶非　　중래상견몽야비

鏡中不識容華變　　경중불식용화변

猶把情悰話舊時　　유파정종화구시

- 『사숙재집』

송강의 맑은 물로
마음을 씻어 / 이이, 성혼

편지로 철학을 논하던 시대가 있었다. 같은 고을에 사는 율곡 이
이李珥와 사귀면서 평생지기가 된 성혼成渾, 1535-1598은 율곡과 장
문의 편지를 아홉 편이나 주고받으면서 사단칠정四端七情의 이기
설理氣說을 논한 것으로 유명하다.

다음은 율곡栗谷이 대사간大司諫에 봉해져 임금이 부르는 명에 달
려가려 할 적에 눈 내리는 우계牛溪, 파주에 위치에 소를 타고 방문한
뒤 지은 시이다. 율곡의 이 작별시에는 성혼의 맑고 담담한 모습이
또렷하게 그려져 있다.

올해도 다 저물고 흰 눈이 산에 가득한데

들길은 고목 사이로 가늘게 나뉘어 있네.

소를 타고 어깨 움츠리고 어느 곳으로 가는가?

나는 우계 가의 친구를 그리워한다오.

저물녘 사립문을 두드려 맑은 그대에게 인사하니

작은 방에 누더기 걸치고 짚방석을 깔고 있네.

고요한 긴 밤을 잠 못 이루고 앉아 있으니

벽에 붉은 등불 그림자 가물거리네.

인하여 반평생에 이별이 많음 슬퍼하고

다시 천산의 험한 길을 생각하게 되네.

담소한 뒤에 뒤척이다가 새벽닭이 울어

눈 들어 바라보니 창문에는 차가운 달빛만 가득.

歲云暮矣雪滿山	세운모의설만산
野逕細分喬林間	야경세분교림간
騎牛聳肩向何之	기우용견향하지
我懷美人牛溪灣	아회미인우계만
柴扉晚叩揖淸癯	시비만고읍청구
小室擁褐依蒲團	소실옹갈의포단
寥寥永夜坐無寐	료료영야좌무매
半壁淸熒燈影殘	반벽청형등영잔
因悲半生別離足	인비반생별리족
更念千山行路難	갱념천산행로난
談餘展轉曉雞鳴	담여전전효계명
擧目滿窓霜月寒	거목만창상월한

- 「눈 속에 소를 타고 호원을 방문한 다음 작별하면서
(雪中騎牛訪浩原敍別 설중기우방호원서별)」, 『율곡집(栗谷集)』 권2

사립문 안쪽 작은 방 짚방석 위에 앉아 있는 그의 모습에서 거듭

관직에 임명되어도 경기도 파주의 우계를 떠나지 않고 학문에 힘

쓴 성혼의 삶을 짐작해 볼 수 있다.

　어느 날 벗 정철鄭澈, 1536-1593이 우계로 성혼을 찾아와 이틀을

머물다 돌아갔다.

　　저 아름다운 송강의 물

　　가을 되니 바닥까지 맑으리라.

　　탕반에 공급하여 날마다 목욕하니[63]

　　마음속 씻어 깨끗하겠지.

　　彼美松江水　　피미송강수

　　秋來徹底淸　　추래철저청

　　湯盤供日沐　　탕반공일목

　　方寸有餘醒　　방촌유여성

　　　　　－「송강 정철의 시운에 차운하다(次鄭松江澈韻 차정송강철운)」,

　　　　　　　　　　　『우계선생집(牛溪先生集)』 권1

　송강의 맑은 물로 심성을 매일같이 닦아 '日新又日新일신우일신'

의 생활을 할 것을 벗에게 권했다. 성혼은 이 시 아래에 다음과 같

63) '탕반(湯盤)'은 상(商)나라 탕왕(湯王)이 목욕하던 그릇으로, 탕왕이 그릇에 명문(銘文)을
　　새기기를, "어느 날 목욕을 하여 새롭게 하였으면 나날이 새롭게 하고 또 날로 새롭게
　　하여야 한다(苟日新 구일신, 日日新 일일신, 又日新 우일신)" 하여, 사람이 목욕하여 몸
　　을 깨끗이 하는 것으로써 마음을 맑혀 악을 제거함을 비유하였다.

은 장문의 편지를 써 놓았다.

옥 같은 시운에 공경히 차운하여 말하고 싶은 소회所懷를 펴
니, 졸렬하다 하여 버리지 않으시면 매우 다행이겠습니다.
우계牛溪의 물도 송강松江의 물처럼 똑같이 맑으니, 또한 어
찌 멀리 한 잔을 떠와서 남은 맑음을 나누어 줄 필요가 있
겠습니까? 그러나 우계의 물은 항상 맑지도 않고 또한 항상
흐리지도 않으니, 어찌 감히 스스로 이 맑음을 믿고서 맑히
는 공부를 더하지 않을 수 있겠습니까? 그리고 또한 송강의
깨끗하고 시원한 물이 탕반湯盤과 함께 날로 새로워져서 외
물外物의 혼탁함이 그 사이에 조금도 끼지 않기를 바라니,
이것을 지극히 축원하고 지극히 축원합니다.
백 리 길을 말에 멍에 메어 멀리 궁벽한 골짝에 찾아와 주시
니, 은혜롭게 사랑해 주시는 수고로움과 보살펴 주시는 소
중한 뜻은 어리석고 비루鄙陋한 소생小生이 감히 받들 수 있
는 바가 아닙니다. 이미 만나 말을 나누니 더욱 기쁘고 위로
되며, 이틀 밤을 묵으면서 간곡히 말씀하여 가르쳐 주시니
마음이 감동되어 감사함을 어찌 다 말할 수 있겠습니까? 저
는 인간 세상에 홀로 있어 외로운 그림자뿐이요 짝이 없으
므로 항상 외로운 생각이 들어 말년의 벗을 찾고자 하는 마
음이 간절하였는데, 이러한 후의厚意를 입으니 더욱 강개慷
慨한 마음이 일어나 어떻게 보답해야 할지 모르겠습니다.

그러나 낮은 선비라서 외면外面에 힘써 본말本末을 모르므로 언제나 자신의 잘못은 버려두고 남을 걱정하며 스스로 다스리는 것을 소홀히 하고 남을 논평하는 것만을 힘쓰니, 옛사람이 이른바 남의 논평은 잘하나 자신을 살피는 데에는 소홀하다는 말에 더욱 부끄럽습니다. 그러나 구구한 마음에 충성을 다함은 깊지 않다고 이를 수 없습니다. 작별할 때에 제가 말씀드린 바, '천리天理와 인욕人欲은 양립兩立할 수 없으니, 전일專一한 마음으로 의리義理를 독실하게 좋아하여 마음속에 흡족하게 한다면 저것들은 굳이 공격하지 않아도 저절로 사라진다'고 한 것을 더욱 체찰體察하고 체험하여 그 맛을 알아 접속接續하시기를 더욱 바라는 바입니다.[64]

이 편지를 읽어 보면, 아마도 정철이 성혼의 심성 수양과 학문의 정진을 함께 나눌 것을 시로 청하였던가 보다. 그에 대해 성혼은 이곳 우계의 물이든 그곳 송강의 물이든 제각기 정진할 뿐임을 지적하고 있다. 정철의 기사년1569년 34세 연보에도 이 시와 편지가

....

64) 敬次瓊韻。以申願言之懷。勿以蕪拙而棄之幸甚。牛溪之水與松江之水同一淸也。亦何待於遠挹一勺。以分餘淸。弟懼牛溪之水無常淸。亦無常濁。豈敢自恃其淸。而不加澄之之功則亦願松江淸冷之水。與湯盤而日新。無使外物之淈。少有滓於其間也。至祝至祝。百里命駕。遠入窮谷。惠愛之勤。垂顧之重。有非昏陋小生所敢承拜。既接語言。采增歡慰。許以信宿。誨言諄諄。中情感暢。豈勝摧謝。獨立人世。顧影無儔。恒有悢悢之憂。欲求歲晩之友者方切于心。而被此厚意。尤增慨然。不知所以爲報也。雖然。下士務外昧於本末。每舍己而憂人。忽自治而騖論議。所謂工於論人而察己疏者。尤有愧焉。然區區盡忠。非可謂不深。臨別所告天理人欲不容立立。專一篤好。理義浹灌。則彼一邊不攻自消落者。切願體察而體驗。知其味而接續之。尤所望也。

158

기록되어 있어, 위 시가 정철의 시에 성혼이 화답한 시임을 알 수 있다. 다만 정철이 먼저 보낸 시는 없어지고 말았다.

독서하는 기미는
어떤가요? / 성혼

성혼은 생전에 자신의 묘지명을 스스로 지어 남겼는데, 자신의
삶을 한마디로 끝없이 공부하는 사람으로 그려 놓았다.

혼은 약관 시절에 병을 앓아 몸이 허약하고 정신이 어두웠
는데, 이렇게 일생을 마쳤다. 어려서 가정에서 수학受學하
였는데, 언제나 옛사람이 몸을 닦고 학문한 내용을 들으면
개연히 흠모하는 마음을 가지고 책을 읽고 이치를 연구하
여 은미한 뜻을 깊이 찾으려고 노력하였으나 끝내 얻지 못
하였으며, 마음을 잡아 지키고 함양하여 허물과 죄악을 면
하고자 노력하였으나 끝내 잡아 지키지 못한 채 병 때문에
스스로 폐하여 뜻을 조금도 성취하지 못하였으니, 참으로
슬프다.
타고난 성품이 경박하여 착실하지 못하였다. 그리고 언제나
침착하고 굳세며 독실히 행하는 것을 미덕으로 여겼으나 또
한 이에 가까이 다가가지는 못하였으며, 기질氣質이 혼탁한

것이나 외물外物에 어지럽혀진 것에 이르러서는 말로 다 표현할 수 없다. 또 남의 과실을 자주 지적하여 이 때문에 사람들이 대부분 꺼리고 싫어하였다.

30여 세에 천거로 참봉參奉에 제수되었고, 다음 해에 또다시 천거로 6품직에 올랐으며, 몇 년 후에 또다시 천거로 대관臺官이 되었으나 모두 질병 때문에 출사出仕하지 않았다.

－「스스로 지은 묘지(自書誌 자서지)」, 『우계선생집』 권6

언제나 책을 읽고 이치를 연구했지만 조금도 성취하지 못했다고 자신의 삶을 과소평가하고 있지만, 성혼은 율곡 이이가 흠모해 마지 않던 대학자였다. 성혼은 스스로 "남의 과실을 자주 지적하여 이 때문에 사람들이 대부분 꺼리고 싫어하였다"고 하지만, 이는 실제로는 올곧은 말을 진지하게 잘했던 그의 행동을 가리킨 말이라 하겠다. 정철에게 보낸 편지와 시 속에 그런 성혼의 면모가 잘 드러난다.

독서하는 기미氣味가 어떠하신지요? 저는 길을 가는 도중에 심기心氣가 동요되지 아니하여 집에 도착한 지 사흘 뒤에는 책을 펴 볼 수 있게 될 것이니, 심히 위로가 됩니다.

편지에 절구 한 수를 써 주셨는데, 말 위에서 종일토록 보고 읊으니, 자못 이별을 안타까워하는 정이 있었습니다. 제가 그대를 사모하여 잊지 못하는 것이 어찌 호걸과 협객 들이

사사로이 의기를 허여許與하여 격앙된 감정에서 나오는 것
과 같겠습니까? 다만 분발하고 힘써 게을리하지 말기를 바
랄 뿐입니다.

또 저는 신병이 있다고 칭탁稱託하여 장차 마음이 해이해져
날로 게을러지게 될 것이므로 붕우들과 함께 거처하고 싶으
나 그렇게 할 수가 없으니, 멀리서 우러르는 마음 그지없습
니다. 억지로 졸렬한 시구를 읊어 저의 회포를 부치니, 한번
보고 웃으시기 바랍니다. 이만 줄입니다. 신유년 3월.

> ─「정계함 철에게 보내다(與鄭季涵澈 여정계함철, 辛酉三月 신유삼월)」,
> 『우계집(牛溪集) 속집(續集)』 권3

1561년명종 16년 봄에 성혼이 정철에게 보낸 편지다. 이 편지를
보면, 우계로 돌아가는 성혼에게 정철이 편지와 함께 절구 한 수를
써서 이별하는 서운함을 전하였던가 보다. 성혼은 곧 우계의 집으
로 돌아가 책 읽을 생각을 하니 마음이 편안하다고 하면서, 도리어
벗이 요즘 책을 어떻게 읽는지 궁금해 한다. 그리고는 "분발하고
힘써 게을리하지 말기를"이라는 충고도 덧붙였다.

그래도 이 편지와 함께 보낸 시에서는 벗을 그리워하는 마음만
을 오롯이 전하였다.

나그네 생활 한가로운 몸이 소요할까 걱정하여
집에 돌아가길 바랐는데 이제 열흘이 못 되었네.

이제는 청산 속에 한가로이 앉아

다시 성안을 향하여 옛 친구 생각한다오.

只愁客味擾閑身　　지수객미요한신

長願歸家未一旬　　장원귀가미일순

如今却坐靑山裏　　여금각좌청산리

還向城中憶故人　　환향성중억고인

－「정계함 철에게 답하다. 신유년 봄(酬鄭季涵澈 수정계함철, 辛酉春 신유춘)」,

『우계집 속집』 권1

대지팡이를
보낸 뜻 / 이산해

　대나무는 눈서리를 이기며 사계절 내 푸르러 단연 군자의 나무다. 대지팡이는 이 푸른 대나무를 잘라 만든 것이라 여름 더위에도 손이 차다. 해서 대지팡이는 뜻 있는 선비로 하여금 굳센 절개를 생각하게 만든다. 이런 대지팡이를 누군가에게 선물하며 지은 시가 있다.

　　그대 집엔 구장 같은 좋은 지팡이 많겠지만

　　다시금 강남의 옥 같은 대를 보낸다오.

　　늙은 신선 지팡이가 필요치 않겠지만

　　뜰에서 끌고 다닐 제 나를 생각해 주오.

　　華堂鳩飾足騰龍　　화당구식족등룡

　　更寄江南尺玉筇　　갱기강남척옥공

　　不必老仙須杖策　　불필로선수장책

　　庭除携處倘思儂　　정제휴처당사농

서리에 갈리고 눈에 깎인 옥 같은 대

동산에 심겨진 그 줄기를 베어다가

천리 밖 공에게 진중히 부치오니

세한에 늘 수중에 두고 보시길 바라오.

霜磨雪削玉琅玕　　상마설삭옥랑간

斫取山園舊植竿　　작취산원구식간

千里贈公珍重意　　천리증공진중의

歲寒長在手中看　　세한장재수중간

－「대지팡이를 부치다(寄竹節 기죽공)」, 『아계유고』 권4

　　이 두 편의 시와 대지팡이를 보낸 이는 이산해인데, 시에는 이산
해의 은근한 뜻과 충고가 담겨 있다. '그대 집에는 물론 구장鳩杖 같
은 좋은 지팡이가 있겠지만, 대지팡이를 또 선물하는 뜻은 멀리 강
남에 떨어져 있는 자신을 생각해 달라'는 뜻이다. 이 두 편의 시가
『아계유고鵝溪遺稿』 권4 「걸귀록乞歸錄」에 수록되어 있는 걸 보면, 경
상도 평해에서 유배살이를 하던 이산해가 1595년 사면된 후 영돈
녕부사와 양관 대제학을 겸하다가 휴가를 청하여 고향인 보령保寧
으로 돌아왔을 때 쓴 것으로 보인다. 또 지팡이 중에서 굳이 대지
팡이를 보낸 이유는 "서리에 갈리고 눈에 깎인 옥 같은 대"를 잘라
만든 지팡이이므로, '부디 대나무의 세한歲寒의 지조를 잊지 말라'
는 뜻이다. 이 시절은 당쟁黨爭이 본격화되던 때다. 과연 대북파大
北派의 영수로 활약한 이산해로부터 이 푸른 대지팡이를 선물 받은

이는 누굴까?

한편, 조선 후기 남인의 영수였던 미수眉叟 허목許穆, 1595~1682이 읊은「녹죽장綠竹杖」이라는 시에도 대지팡이가 등장한다.

우뚝 솟은 자세 눈서리에 자랐기에
맑고도 싸늘한 기운 더위에도 손이 차다.
굳센 절개는 아는 이라야 아는 법
뜻있는 선비 긴 한숨 품게 한다.

亭亭久抱霜雪苦   정정구포상설고
淸冷當暑手生寒   청냉당서수생한
勁節固有知者知   경절고유지자지
徒令志士抱長歎   도령지사포장탄

－『기언(記言)』, 별집 권1

지팡이에 담겨 있는 대나무의 굳센 절개를 아는 이는 아는 법이라, 푸른 대지팡이를 짚은 선비의 마음가짐이 엄숙하다.

일반적인 녹죽장과 달리 까만 오죽烏竹으로 만든 지팡이를 오죽장烏竹杖이라 한다. 다음은 이행이 벗 정희량으로부터 오죽장을 선물 받고 사례한 시이다.

내가 근력이 부치는 줄 벗님이 알고서
눈과 서리를 견딘 대지팡이를 멀리서 보내왔네.

평생의 굳은 절개 원래 곧은 것을

시종 위태로운 인생길 의심하지 말자.

나이 늙으매 호공[65]의 신선술을 배워야겠고

재주가 바닥나니 두보의 탁월한 시재에 부끄러워라.

내 시를 두 벗에게도 전하고자 하니

이 몸은 숲에서 오죽장과 함께 어울릴 수 있다네.[66]

石交憐我力難持   석교련아력난지

遠寄斑斑霜雪枝   원기반반상설지

苦節平生元自直   고절평생원자직

畏途終始莫相疑   외도종시막상의

年侵要學壺公祕   년침요학호공비

才盡慙非杜老奇   재진참비두노기

欲把吾詩傳兩友   욕파오시전양우

此身林下得追隨   차신림하득추수

－「순부가 오죽장을 보내 준 데 사례하다(謝淳夫 사순부,
乞鳥竹杖 걸오죽장)」, 『용재집』 권3

---

65) 호공(壺公)이라는 신선이 저잣거리에서 약을 팔고 있었는데, 모두 그저 그가 평범한 사
람인 줄로만 알고 있었다. 그런데 비장방(費長房)이라는 사람이 호공이 천정에 걸어 둔
호로 속으로 들어가는 것을 보고는 비범한 인물인 줄 알고 매일같이 정성껏 그를 시봉하
였다. 하루는 호공이 그를 데리고 호로 속으로 들어갔는데, 호로 속은 완전히 별천지로
해와 달이 있고 선궁(仙宮)이 있었다 한다.
66) 시 아래 달린 주석에 의하면, 정희량이 남곤과 박은에게도 대지팡이를 주었기 때문에
이렇게 말한 것이라 하였다.

근래 들어 근력이 부치는 줄 알았는지 벗이 오죽장을 선물했다. 눈과 서리를 견딘 대지팡이를 짚으니 위태로운 인생길도 이제 꼿꼿이 갈 수 있을 듯하다. 이런 심경을 오죽장을 선물한 벗에게 전하고, 또 오죽장을 함께 선물 받은 다른 두 벗 박은, 남곤과도 나누고자 하였다.

부채 대신 받은
죽순 / 이식

단오절의 최고 선물은 단연 부채였다. 전라도와 경상도에서는 단오절에 맞춰 부채를 임금께 진상하는 것이 관례였고, 임금은 이 부채를 받아 궁인들에게 나누어 주거나 신하들의 노고를 치하하는 데 썼다. 또한 지방의 수령들은 개인적으로 부채를 지인들에게 선물하기도 했다.

조선 중기의 문인으로 한문사대가漢文四大家의 한 사람인 이식 李植, 1584-1647은 단오절을 맞아 으레 전라남도 동복同福 수령으로 가 있는 벗이 부채를 보내오리라 기대했다. 그런데 이번에는 부채 대신 대바구니에 죽순만 담아 보냈다. 그러자 이식은 답장으로 「동복의 수재守宰인 안절이 으레 선물로 부쳐 보내는 부채 대신 생순生 筍 삼십 본本을 보내왔기에 우스개 시로 감사의 뜻을 대신하다. 절 구 2수同福宰安節 동복재안절, 不寄例儀扇把 불기예의선파, 却餽生筍三十本 각 궤생순삼십본, 戲筆代謝二絕 희필대사이절」를 지어 보냈다.

우리 벗님 손 안에 든 진짜 보물은 아껴 두고

대바구니 하나 가득 죽순만 캐서 보냈구려.

그저 맑은 바람 오장五臟에 불면 그만이지

옷의 먼지 굳이 털어 뭐하라는 뜻이렷다.[67]

故人不寄掌中珍   고인불기장중진

却餽盈籃玉笋新   각궤영람옥순신

但得淸風生五內   단득청풍생오내

不須揮洒滿衣塵   불수휘쇄만의진

손을 델 만큼 뜨거운 주문의 위세를 몰라보고[68]

공손히 글 써 올리며 편면[69]을 바치지 않다니요.

어린 청죽靑竹 클 때까지 기다리지 못하고서

해마다 그대 입 안에서 결딴낼 줄 내 알겠소.

懶向朱門手灸炎   뢰향주문수구염

休將便面伴書械   휴장편면반서감

知君不待靑筠長   지군불대청균장

67) 진(晉)나라 유량(庾亮)이 위세를 부리는 것을 왕도(王導)가 못마땅하게 여긴 나머지 바람이 불어 먼지가 휘날리면 "유량의 먼지가 사람을 오염시킨다"고 하면서 부채로 먼지를 털어냈던 고사가 있다.

68) 당 중종(唐中宗)의 막내딸 안락공주(安樂公主)가 외가(外家)인 위씨(韋氏)와 결탁하여 그 위세가 하늘을 찌를 듯하였으므로, 당시에 "손을 델 정도로 뜨거워 행인들이 모두 겁을 내었다(熱可炙手 열가자수, 道路懼焉 도로구언)"라는 말이 유행했다고 한다. 참고로 두보의 「여인행(麗人行)」에는 "손을 델 만큼 뜨거운 절륜한 위세, 가까이 다가가지 말라 승상이 성내실라(炙手可熱勢絕倫 자수가열세절륜, 愼莫近前丞相瞋 신막근전승상진)"라는 구절이 있다.

69) '편면(便面)'은 '얼굴을 가리는 물건'이라는 뜻으로, 부채의 별칭이다.

只坐年來老口饞   지좌년래노구참

— 『택당선생집(澤堂先生集)』 권6

　첫 수에서는 선물로 부채 대신 보낸 죽순을 보고서 벗의 뜻을 '부채로 옷에 묻은 세속의 먼지만 털 것이 아니라, 죽순을 먹고서 마음부터 맑고 깨끗하게 할 것'을 당부하는 것이리라 짐작했다. 이렇게 벗의 뜻을 헤아려 놓고도 부채를 받지 못한 것이 못내 아쉬웠던지 둘째 수에서는 부채 없이 뜨거운 여름을 어떻게 보낼지 하소연하고 있다. 게다가 대나무를 잘 키워 부채를 만들어야 하는데, 이렇게 죽순으로 다 먹어 버리면 어떻게 하냐고 농담조로 벗을 힐난하였다.

　뜨거운 여름이 오기 전에 꼭 받고 싶은 부채 선물을 둘러싸고 벌이는 실랑이가 자못 시를 읽는 이들로 하여금 입가에 웃음을 짓게 만든다.

부채에 그려 준
그림과 시의 뜻 / 김창업

농암 김창협의 아우인 노가재老稼齋 김창업金昌業, 1658-1721은 산
수를 잘 그린 문인이었다. 그의 벗이자 인척이기도 했던 정이定而
조정만趙正萬이 광산光山 군수로 갈 때 김창업의 시골집을 찾아갔
다. 다음 날 그는 김창업에게 부채를 보내 그림을 그려 달라고 하
며, 절구 한 수를 지어 보냈다. 그러자 김창업은 부채에 그림을 그
리고 벗의 시에 차운하여 전송시를 써서 돌려보냈다(「趙定而將赴光山
조정이장부광산, 過訪郊居과방교거, 翌日送扇求畵익일송선구화, 又書一絶見示우서일절견시, 遂次
其韻並畵扇歸之수차기운병화선귀지」). 그 세 번째 시에 이르기를,

풍진세상에 관리가 된 것이 어찌 본래 뜻이랴?
당년에 기둥에 쓴 것이 바로 사마장경의 생각이었지.
그대를 위하여 부채에다 무슨 물건을 그릴까나?
게으른 새와 한가로운 구름이 이 행차에 동무가 될 걸세.
作吏風塵豈素情　　작리풍진기소정
當年題柱是長卿　　당년제주시장경

172

爲君扇面摸何物　　위군선면모하물

倦鳥閑雲可此行　　권조한운가차행

－『노가재집(老稼齋集)』권3

벗이 지방관으로 부임해 가는 것이 어찌 속세의 이욕利慾 때문이 겠는가? 저 옛날 한漢나라의 사마장경 곧 사마상여司馬相如, BC 179-BC 117가 촉蜀을 떠나 장안으로 향할 때 승선교昇仙橋 기둥에 '높은 수레, 사마駟馬를 타지 않고는 이 다리를 지나지 않으리라'라 썼다고 한다. 젊은 날에는 벗도 사마상여 같이 큰 포부를 지녔었건만, 조정만은 이제 한낱 작은 고을의 수령이 되어 나가는 길이다. 그런 벗을 위해 김창업은 무슨 뜻을 담아 송별을 하였는가? 바로 부채에 그린 그림이 답이다.

위의 시 맨 마지막 구절 아래에 "扇中畫淵明撫孤松圖선중화연명무고송도, 故及之고급지"라 주석을 달았으니, 그가 부채에 그린 그림은 도연명이 외로운 소나무를 어루만지는 모습임을 알 수 있다. 소나무를 안거나 어루만지는 그림을 무송도撫松圖라 하는데, 이는 널리 알려진 도연명의 「귀거래사歸去來辭」에 나오는 화제畫題다. 「귀거래사」 중 부채의 그림과 위 송별시와 관련한 구절만 읽어 보자.

지팡이에 늙은 몸 기대어 발길 멎는 대로 쉬다가

때때로 머리 들어 먼 하늘을 바라보네.

구름은 무심히 산골짜기를 돌아 나오고

날기에 지친 새들은 둥지로 돌아올 줄 아네.

해는 어둑어둑 곧 지려 하는데

외로운 소나무 어루만지며 배회하네.

策扶老以流憩　　책부노이류게

時矯首而遐觀　　시교수이하관

雲無心以出岫　　운무심이출수

鳥倦飛而知還　　조권비이지환

影翳翳以將入　　영예예이장입

撫孤松而盤桓　　무고송이반환

　이렇게 도연명의 「귀거래사」와 김창업의 위 시를 함께 놓고 읽어
보니, 아하! 짐작이 된다. 김창업은 벗 조정만이 지방관으로 부임
해 간 그곳에서 도연명처럼 지내기를 바랐던 것이다.

　한편, 김창업이 남긴 시 중에 부채와 관련한 재미있는 시가 한
편 또 전한다. 제목은 「우는 아이를 그린 부채, 그 위에 쓰다. 신미
년畫鳴兒扇 화명아선, 仍題其上 잉제기상, 辛未 신미」이다.

　　저물 무렵 파초 정원이 시원한데

　　한가한 사람은 돌 평상에 기대어 있네.

　　애야, 부채질 그만두어라.

　　솔바람이 절로 시원하게 불어온단다.

　　向晩蕉庭敞　　향만초정창

幽人倚石牀　　유인의석상

童子且休扇　　동자차휴선

松風自作涼　　송풍자작량

- 『노가재집』 권1

　부채에는 파초가 싱그러운 정원에서 은자^{隱者}가 돌 평상에 기대어 졸고 있는 그림이 그려져 있다. 그 옆에서 아이가 부채질을 하고 있는데 아이의 표정이 예사롭지 않다. 부채질이 힘든지 곧 울 듯한 표정이다. 이런 재미있는 그림을 그려 놓고서, 그 위에 쓴 시에서는 '이제 솔바람이 시원하게 불어오니 아이야, 부채질을 그만두어라'라고 하였다.

　어떤 문인은 "여름이 제철에 접어들면 마치 화로 속에 앉은 것 같으니, 두보가 '점잖은 선비가 미친 듯이 큰 소리를 지르려 한다束帶發狂欲大叫 속대발광욕대규'라 읊은 것이 바로 이때의 광경이다"라 하였다. 이런 때 우리도 '대나무의 긴 줄기와 엉성한 입사귀가 사각사각 맑은 바람을 일으켜서 내 가슴과 소매 가득히 들어와 나도 모르는 사이에 온 몸과 정신을 시원하게 만들어주는' 그런 대나무가 그려진 부채 하나 갖고 싶다.

돌만도 못한
인생 / 허목

　키가 크면서 몸매는 마르고 이마가 우묵한데, 유달리 긴 눈썹을
가졌다 하여 자신의 호를 미수眉叟라 한 문인이 있었으니 그는 남
인의 정신적 영수였던 허목이다. 허목은 그의 집안 선영이 있는 경
기도 연천에서 주로 살았다. 32세 때 박지계朴知誡 사건으로 정거停
擧된 이후70) 허목은 팔도의 명산대천을 유람하였고, 제자백가서를
섭렵하였다. 그는 50여 세가 될 때까지 세상에 거의 알려지지 않다
가 56세에 처음 정릉참봉에 제수됐고, 63세에 본격적인 사환 생활
을 시작했다. 1659년 효종이 죽은 후 인조의 계비이자 효종의 계
모인 자의대비 복상 문제(제1차 예송)로 남인이 서인에게 패하자 허
목은 삼척부사로 좌천되었고1660년, 68세1662년 가을 삼척부사를 그
만두고 연천으로 다시 돌아갔다. 이로부터 10년을 한가로이 지내

---

70) 1626년 인조의 생모 계운궁 구씨(啓運宮具氏)의 복상(服喪) 문제와 관련해 유신(儒臣)
　　박지계가 원종의 추숭론(追崇論)을 제창하자, 동학의 재임(齋任)으로서 임금의 뜻에 영
　　합해 예를 혼란시킨다고 유벌(儒罰)을 가했다. 이에 인조는 그에게 정거(停擧, 일정 기
　　간 동안 과거를 못 보게 하는 벌)를 명했다. 허목은 뒤에 벌이 풀렸는데도 과거를 보지
　　않고 자봉산에 은거하며 학문에만 전념했다.

며, 날마다 책 읽기와 저술을 일삼았다.

　허목이 생을 마감하던 해에 이웃한 산사의 스님이 찾아와서 글씨를 청하였다. 이에 허목은 다음과 같은 글과 시를 써 주었다.

　노인(자신을 가리킴)의 나이 여든여덟이니, 옛날 장수하는 나이로는 기이期頤, 1백 세를 말함의 늙은이가 되었다. 상인上人이 일부러 찾아와서 보고는 글씨를 청하였다. 노인은 게으르고 정신이 흐리어 인사를 폐한 지 오래라서 필력을 남에게 보일 수 없다. 스스로 인생이 산에 있는 무지한 돌만도 못함을 탄식하였다. 지각이 있을진대 생사에 구애되지 않느니만 못하다. 살아서 허물이 없고, 허물 없이 죽으면 족하다. 허튼 말 20자를 지어 써 주니 참으로 우습다.

인생은 돌만 못하니

돌은 헐리고 무너짐이 없네.

장수와 요절이 매한가지이니

슬퍼하고 기뻐할 게 뭐랴?

人生不如石	인생불여석
磊魄無崩毀	뢰외무붕훼
彭殤一壽殀	팽상일수요
不足爲悲喜	부족위비희

－「휘상인에게 주다(贈徽上人 증휘상인)」,71) 『기언』 별집 권1

산의 돌은 헐리고 무너짐 없이 본성을 그대로 지키는데 사람은
그렇지 못함을 탄식하며, 죽을 때까지 저 돌처럼 흔들림 없이, 허
물 없이 살겠다는 뜻을 말했다. 이해에 허목은 다음의 시를 남기고
세상을 떠났다.

아침 해가 동산에 솟아오르니
안개와 노을 창 앞에 피어나네.
산 너머 일이야 알 까닭 없고
갈필에 먹 찍어 과두체를 쓰노라.

朝日上東嶺	조일상동령
烟霞生戶牖	연하생호유
不知山外事	부지산외사
墨葛寫蝌蚪	묵갈사과두

기쁘게 옛글을 읽다
나이 팔십이 넘었네.
한 짓 하나도 남 같지 못했으니
졸렬하기 나 같은 사람 없네.

說讀古人書	열독고인서
行年八十餘	행년팔십여

---

71) 이 시의 제목은 「무사우음(無事偶吟)」이라 전하기도 한다.

所爲百不如   소위백불여

拙懃無如余   졸당무여여

 한평생 말을 매우 삼가고 또 삼가며 허물이 없고자 했던 허목은
자신의 문집 이름을 『기언記言』이라 붙였는데, 이 역시 자신의 말을
책임지기 위함이었다. 또 그는 노년에 연천에 살 때 가까운 이웃들
과 '불여묵사不如嘿社'라는 모임을 만들었다. '말을 함부로 하지 말고
말을 삼가고 침묵함으로써 허물이 없게 하는 삶', 이것이 이 모임의
취지였다.
 이런 삶을 살았던 허목은 81세 때 숙종이 즉위하자 대사헌으로
특배되어 부름을 받은 뒤 숙종의 극진한 대우를 받아 1년에 다섯
번 영전을 거듭하여 우의정에 임명되었다. 그리고 82세의 나이에
는 신하의 영예인 궤장几杖을 받았다. 그는 자신이 궤장을 받을 나
이까지 무사하게 살 수 있었던 것이 모두 자신의 언행을 경계하여
허물을 적게 하려고 노력하고 또 노력한 결과라 하였다. 그가 84세
에 판중추부사에서 물러나 향리로 돌아갈 때 숙종은 거택을 하사
했다. 국초부터 숙종 대까지 2백 년간 거택을 하사받은 이가 셋 있
는데 황희, 이원익 그리고 허목이었다.

벗에게
당귀 싹을 보낸 뜻 / 남구만

당귀當歸는 마땅히 돌아오기를 바란다는 뜻을 이름으로 삼은 약초다. 이는 중국의 옛 풍습에 부인들이 싸움터에 나가는 남편의 품속에 당귀를 넣어 준 데서 유래하는데, 전쟁터에서 기력이 다했을 때 당귀를 먹으면 다시 기운이 회복되어 돌아올 수 있다고 믿었기 때문이라고 한다. 또 일설에는 이 약초를 먹으면 기혈이 다시 제자리로 돌아온다 하여 붙여진 이름이라고도 한다. 당귀의 뿌리로 만든 당귀차는 여성의 냉증이나 혈색 불량, 산전 산후의 회복, 월경불순, 자궁 발육 부진에 효과를 나타내며 오랫동안 복용하면 손발 찬 증상이 개선된다고 한다. 향과 맛이 일품이어서 접대용으로도 매우 좋은 당귀는 심장을 보하며 허한 것을 도와주고 나쁜 피를 몰아내는 정혈 작용을 한다. 요즘은 당귀 잎을 쌈으로 즐기기도 한다.

이른 봄 얼음과 눈 아직도 위험한데
약초의 새싹 눈에 밝게 들어오네.

젓대[72]에 황금을 어지러이 뿌려 놓은 듯

비녀에 가벼운 옥을 살짝 뽑아 놓은 듯.[73]

어찌 산 아래 궁궁이[74]를 논할 것이 있겠는가?

소반에 가로놓인 목숙[75]에 비할 바 아니로세.

세속의 사람들은 예로부터 맛을 아는 이 적으니

그대 부디 잘게 씹으며 다시 그 이름을 생각하오.

早春氷雪尙崢嶸	조춘빙설상쟁영
藥草新芽入眼明	약초신아입안명
鵝管抛還金歷亂	아관포환금력란
燕釵抽得玉輕盈	연차추득옥경영
寧論山下蘼蕪綠	녕론산하미무록
不比盤中苜蓿橫	불비반중목숙횡
俗客從來知味鮮	속객종래지미선
君須細嚼更思名	군수세작갱사명

- 「당귀의 새싹을 이중에게 보내 주다(當歸新芽 당귀신아, 途寄彝仲 송기이중)」,『약천집(藥泉集)』권1

<hr>

72) 원문의 '아관(鵝管)'은 젓대(가로로 대고 부는 악기인 '저'를 속되게 이르는 말)를 가리킨 것으로 젓대 위의 구멍 모양이 거위(鵝) 털 구멍과 비슷하다 하여 붙인 이름이다.

73) '연차(燕釵)'는 부녀자들이 사용하는 비녀로 제비 모양과 같다 하여 붙인 이름인데, 당귀의 새싹 모양이 이것들과 비슷하며 색깔 또한 황금처럼 노랗고 백옥처럼 희다 하여 이렇게 말한 것이다.

74) '궁궁이' 곧 '미무(蘼蕪)'는 한방에서 뿌리와 잎을 혈청제(血淸劑)로 사용한다.

75) '목숙(苜蓿)'은 속명 개자리라고 하는 바, 콩과의 두해살이풀로 거여목, 게목이라고도 하는데, 나물로도 먹고 목초(牧草)로도 사용한다.

남구만南九萬, 1629-1711은 평생의 벗 이민서李敏敘에게 당귀 싹과 함께 시를 한 편 보냈다. 이때 이민서는 부모님을 뵈러 금성金城, 지금의 김화에 가 있었다.

이민서가 죽었을 때 남구만이 쓴 만시輓詩에 의하면, 이민서는 "어릴 때부터 종유하여 백발에 이르도록" 교유한 벗이었다. 함께 나란히 과장에 들어 시험을 보았고, 벼슬길의 풍파를 서로 근심해 주던 사이였다. 그런 두 사람이 평생에 걸쳐 나눈 막역한 우정을 생각해 보면, 당귀 싹을 보낸 남구만의 뜻을 가볍게 읽을 수가 없다. 당귀 두 글자를 풀이하면 '마땅히(當) 돌아가야 한다(歸)'는 뜻이 되므로, 벼슬을 버리고 고향으로 돌아가야 함을 말한 것이다. 이 구절을 읽고 난 이민서는 아마도 당귀 맛을 곱씹었으리라.

한편, 당귀와 관련하여 흥미로운 편지가 또 있다. 퇴계退溪 이황 李滉, 1501-1570과 남명南冥 조식曹植, 1501-1572이 발운산撥雲散, 안약 과 당귀를 서로 청한 사연을 보자.

영남학파의 양대 산맥인 퇴계 이황과 남명 조식을 일러 흔히 '좌 퇴계 우남명'이라 한다. 이황의 근거지 안동 예안이 경상 좌도의 중 심지이고, 조식의 근거지 합천 진주가 경상 우도의 중심지이기 때 문이다. 두 사람은 1501년 같은 해에 태어나 한 시대를 같이 살았 지만 한 번도 만난 적이 없었다. 그러나 두 사람은 편지를 주고받 으며 깊이 교유하였다. 53세 때 이황이 조식에게 교유를 청하는 장 문의 편지를 보냈는데, 조식은 이에 대한 답장에서 이황에게 발운 산을 보내 달라고 청하고 있다.

생각건대, 공은 서각犀角, 물소 뿔을 태우는 듯한 명철함이 있

지만 저는 물동이를 이고 있는 탄식(물동이를 이고는 하늘을 볼

수 없음)이 있습니다. 그렇거늘 아름다운 문장이 있는 곳에서

가르침을 받을 길이 없군요. 게다가 눈병까지 나서 앞이 흐

릿하여 사물을 제대로 보지 못한 지 여러 해 되었습니다. 명

공께서 발운산으로 눈을 밝게 열어 주시지 않겠습니까?

　－「퇴계의 서신에 답하다(答退溪書 답퇴계서)」, 「남명선생집(南冥先生集)」

　조식이 이른 발운산은 눈이 흐릿하여 잘 안 보이고 눈물이 많이

흐르는 데 쓰는 안약이다. 자신은 세상을 바르게 볼 수 있는 능력

이 부족하므로 눈병을 치유하듯, 자기의 식견을 깨우쳐 달라는 말

을 이렇게 한 것이다. 이 편지를 받고 이황이 다시 조식에게 답장

을 하였다.

　지난여름에 주신 답장을 받으니 깨우쳐 주심이 상세하고 간

절하여 출처出處의 도리가 평소 마음속에 정해져서 밖에서

이르는 영리에 구애되지 않고, 말에 깊은 의미가 있음을 알

수 있었습니다. 한 번 불러도 나오지 않는 자가 드문데, 하

물며 두 번이나 불러도 나오지 않는 뜻이 더욱 확고한 데야

더 말할 게 있겠습니까? 그런데 세속에서는 이것을 귀히 여

길 줄 아는 자는 항상 적고, 성내거나 비웃는 자는 항상 많

으니, 선비가 되어서 그 뜻을 지키고자 하는 것이 또한 어렵

지 않겠습니까? 그러나 세론世論 때문에 두려워하고 부대끼어 서로 갔다 동으로 갔다 하는 자는 진실로 뜻을 지키는 선비가 아니니, 공의 일을 보고 나에게 수립된 것이 없음이 더욱 부끄러워집니다. 발운산을 찾아 달라고 하셨으니, 감히 애써 보지 않겠습니까마는, 저 자신은 당귀를 찾는데도 얻지 못하니 어찌 공을 위하여 발운산을 모색해 보겠습니까? 공은 북쪽으로 올 뜻이 없지만, 저는 조만간 반드시 남쪽으로 갈 것입니다. 그러나 기일은 지정할 수 없어서 연모하는 마음만 간절할 뿐이니, 잘 알아주십시오. 이해도 저물어 날씨가 차가우니, 더욱 편안하시기 바랍니다. 이만 줄입니다.

—「조건중에게 답하다(答曹楗中 답조건중)」, 『퇴계집(退溪集)』 권10

공이 북쪽으로 올 뜻이 없다는 말은 조식이 출사出仕하려 하지 않음을 말하고, 자신이 조만간 남쪽으로 갈 것이라는 말은 귀향하겠다는 뜻이다. 당귀를 찾는데도 얻지 못한다 함은 바로 마땅히 벼슬을 버리고 고향으로 돌아갈 명분을 찾지 못하겠다는 말이다.[76] 이렇듯 옛 문인들은 서로를 풍자하고 경계할 때 해학을 함께 쓰는 여유를 지녔었다.

---

76) 이상은 심경호 지음, 『간찰 선비의 마음을 읽다』(한얼미디어, 2006) '이황이 조식에게 부친 간찰' 참조.

박색의 아내를
사랑하는 이유 / 박세당, 남구만

경세가이자 문장가로 이름났으며, 글씨에도 조예가 깊었던 남구만의 누이는 서계西溪 박세당과 혼인하였다. 남구만은 "서계 박 선생은 나의 자형姊兄이다. 젊었을 때 한집에서 함께 살고 한솥밥을 먹은 것이 20여 년이었다. 그리하여 한 권의 책을 얻고 한 편의 글을 지을 때마다 반복하여 질문하며 잘못된 곳을 비평하고 개정해서 서로 즐거워하지 않은 적이 없었다"라 했으니, 남다른 정리를 나눈 처남 매부 사이를 짐작할 만하다.

어느 날 박세당은 「약천의 서신에 나를 두고 등도에다 비긴 말이 있기에 장난삼아 4수를 짓다藥泉書 약천서, 有登徒之喩 유등도지유, 戲作 희작, 四絕 사절」라는 시를 지었다. 약천은 처남 남구만의 호다.

조강지처는 소박 놓지 않는 법
머리 셀 때까지 원앙처럼 사랑하며 사노라.
동쪽 이웃에 미녀[77]가 없어서가 아니라
거안제미하는 부인[78]을 어여뻐 해서지.

185

堂前不肯下糟妻　　당전불긍하조처

頭白鴛鴦愛並棲　　두백원앙애병서

不是東隣無美色　　불시동린무미색

心憐擧案與眉齊　　심련거안여미제

등도가 박색 부인 사랑함을 사람들은 비웃지만

당년에 살림 잘 꾸렸던 건 말하지 않는구나.

공더러 호색한다 조롱하면 공도 해명하기 어려울 터이니

아름다움과 추함이야 어찌 다 같을 수 있겠는가?

人笑登徒幸醜妻　　인소등도행추처

當年不說善治棲　　당년불설선치서

嘲公好色公難解　　조공호색공난해

美惡那應輒可齊　　미악나응첩가제

－『서계집』권4

....

77) '동쪽 이웃의 미녀'는 송옥의 「등도자호색부」에서 "동쪽 집의 처자는 일분만 더 보태면 키
가 너무 크고, 일분만 감하면 키가 너무 작으며, 분을 바르면 너무 희고, 연지를 찍으면
너무 붉으며, 눈썹은 마치 물총새의 깃 같고, 살결은 마치 하얀 눈빛 같으며, 허리는 흡
사 한 묶음 비단 같고, 치아는 흡사 진주를 머금은 것 같아서, 상긋 한번 웃으면 양성과
하채를 미혹시킨다"라고 한 데서 온 말이다. 즉 주위에 남자의 정신을 혹하게 하는 미인
이 없는 탓에 부인을 사랑하는 것이 아니라는 의미다.

78) '거안제미하는 부인'은 남편의 뜻을 따라 함께 산야에서 지내며 부인의 법도와 공경을 다
하는 부인을 말한다. 후한 때 양홍(梁鴻)의 부인이 몹시 박색이었으나 양홍의 뜻을 따라
함께 은거했으며, 남편을 위해 공경을 다하여 밥상을 올릴 때 눈썹에 맞추었다고 한다.
박세당은 이 고사를 인용해 자신의 부인이 대단한 미인은 아니지만 부인의 법도를 다하
는 그 모습을 사랑한다고 표현했다.

등도登徒는 전국시대 인물이다. 송옥宋玉의 「등도자호색부登徒子好色賦」에 의하면 그의 부인이 봉두난발에 언청이요 이가 드문드문 빠지고 피부에 종기까지 난 박색이었는데도 등도는 그 부인을 사랑했다고 한다. 누님이 별반 미인도 아닌데 매형과 누님의 부부금실이 유달리 좋았기에 남구만이 농담을 한 것으로 보인다. 이에 박세당은 자신도 미녀와 추녀를 알아보는 눈이 있지만, 부인의 법도를 지키며 살림 잘하는 조강지처를 끝까지 아끼며 살겠다고 응대했다. 그런데 이 시의 재미는 두 번째 시에 보이는 구절 "공더러 호색한다 조롱하면 공도 해명하기 어려울 터이니"라 맞받아친 데 있다. 아마도 남구만이 여색을 제법 밝혔던가 보다.

남구만의 문집 『약천집藥泉集』에는 박세당에게 보냈다는 해당 편지가 남아 있지 않다. 아마도 농담이 심한 편지여서 문집에 싣지 못한 것으로 보인다. 하지만 남구만이 박세당의 편지와 위 시에 답장한 것으로 보이는 편지와 시는 고스란히 전하고 있다. 미추에 상관없이 조강지처를 아끼라는 박세당의 약석藥石 같은 충고를 받아들여 남구만 역시 박세당의 시에 화답하였다. 남구만의 「서계에게 답함答西溪 답서계, 병자년1696년. 숙종 22년 9월 8일」을 읽어보자.

지난번에 편지를 받고 마음이 지극히 위로되었습니다. 그런데도 저는 질병이 계속 이어져 생사를 구분하지 못한 지가 오래인지라 즉시 답장을 올리지 못하고 지금까지 그대로 있었으니, 서운해 하고 한탄한들 어쩌겠습니까?

저는 결성結城으로 돌아가려 한 지가 오래되었으나 질병 때
문에 출발하지 못했습니다. 근래에 질병이 다소 덜해져서
이제야 비로소 가솔들을 데리고 옮겨 갈 작정입니다. 이후
로 다시는 음성을 받들 수 없을 듯하니, 슬퍼한들 어찌하겠
습니까? 자식을 통하여 들으니 노주鷺洲에 산을 파는 자가
있다고 하나 저는 근력이 이미 다하여 아침저녁으로 죽을
날만 기다리고 있으니, 이 어찌 집을 지을 때이겠습니까?
원규元規의 약석과 같은 좋은 충고[79]를 너무 늦게 들은 것이
한스럽습니다. 입으로 한 절구를 읊어 편지 끝에 써서 올리
니, 한번 보고 웃으시기 바랍니다.

댕기 풀어 서로 만난 늙은 아내 있으니
삼베 적삼에 추한 모습이나 또한 집을 다스리네.
동쪽 이웃의 처자 비록 아름답다고 하나
내 귀밑머리 백설과 같으니 어쩌겠나?
結髮相逢有老妻   결발상봉유노처
布裙䰍醜亦治棲   포군추추역치서

---

79) '원규'는 손면(孫沔)의 자이며, '약석과 같은 좋은 충고'란 자신의 잘못을 잘 지적해준
것을 이른다. 송나라 인종(仁宗) 때에 여이간(呂夷簡)이 정권을 잡고 제 마음대로 하
자, 산시(陝西) 전운사(轉運使)로 있던 손면이 글을 올려 극간하면서 옛날 간신인 장우
(張禹)와 이임보(李林甫)를 들어 여이간에게 비유했으나 황제는 벌을 주지 않았다. 여
이간이 그 글을 보고 이르기를 "원규의 약석과 같은 좋은 충고를 다만 십 년 늦게 들
은 것이 한스럽다" 하였다.

東隣處子雖云美　　동린처자수운미

吾鬢其如白雪齊　　오빈기여백설제

한편, 남구만과 얽힌 재미있는 일화가 하나 전한다. 남구만은 70세가 넘어서 부실을 얻었고, 그 부실이 임신하여 마침내 해산을 하게 되었다. 늘그막에 자식을 얻은 남구만이 산모가 진통을 하자 기쁨에 안절부절 못하면서 급히 약방에 들러 해산을 쉽게 해주는 불수산佛手散을 지어와 뒷마당에서 달이고 있었다. 마침 종수從嫂되는 유씨柳氏가 우연히 그 모습을 보고 놀리는 시를 한 수 지었다.

늙은 약천 상공을

그 누가 근력이 다했다 하는가?

행년 73세에

손수 불수산을 다리는데.

藥泉老相公　　약천로상공

誰云筋力盡　　수운근력진

行年七十三　　행년칠십삼

親煎佛手散　　친전불수산[80]

....

80) 남종만(南鍾萬)의 모 유씨(柳氏)가 지은 이 시는 『대동시선』에 「약천노상공을 조롱하다 (嘲藥泉老相公 조약천노상공)」라는 제목으로 실려 있다.

호박잎으로
국그릇을 덮는 마음 / 이용휴

이용휴李用休, 1708-1782는 조선 후기 실학의 대가로 알려진 성호
이익의 조카로, 첨신尖新한 시풍을 연 시인으로 유명한 인물이다.
그는 당쟁에서 밀려난 남인 집안 출신으로 일찍이 벼슬길에 나서
기를 단념하고 경기도 안산에 은거하며 학문에 몰두한 숙부 이익
에게서 수업하였다. 그는 젊어서는 벼슬에 나가고자 하는 뜻을 버
리지 못해 현실과 갈등하기도 했지만, 만년에는 벼슬을 단념하고
시문에 힘쓰며 백성들의 삶에 깊은 관심을 보였다. 재야在野의 문
형文衡으로 일컬어지는 이용휴는 당시 여러 남인계 문사들에게 송
서문送序文과 송시送詩를 지어 주며 그들을 격려하였다. 60세가 되
던 1771년영조 47년 9월 신광수申光洙, 1712-1775가 연천현감으로 부
임해 갈 때 이용휴는 독특한 시를 지어 그를 전별하였다.

시골 아낙이 개 두 마리를 데리고
고리짝에 담뿍 들밥을 담아 가네.
혹시나 벌레가 국에 빠질세라

호박잎 따다 국그릇을 덮었다네.

村婦從兩犬　　촌부종양견

栲栳盛午饁　　고로성오엽

或恐虫投羹　　혹공충투갱

覆之以瓠葉　　복지이호엽

　―「연천으로 부임하는 신사군에게(送申使君之任漣川 송신사군지임연천)」,

『혜환시초(惠寰詩抄)』

『혜환시초惠寰詩抄』에 수록된 위의 시편 어디서도 이별의 정이나 목민관에 대한 당부 따위를 찾아볼 수 없다. 차라리 이 시의 제목을 '전가田家'라고 하면 어울릴 것 같다. 고리짝을 머리에 이고 들밥을 내가는 시골 아낙 뒤로 누렁개 두 마리가 앞서거니 뒤서거니 따르는 그림, 우리네 농가에서 흔히 볼 수 있는 정겨운 정경이다. 이 시를 읽노라면 들판의 논두렁 밭두렁이며, 꼬리 치며 달리는 누렁개, 밥 소쿠리를 머리에 인 아낙의 표정도 떠오른다. 공재恭齋 윤두서尹斗緖의 그림이라도 옮겨 놓은 듯하다. 그런데 이 시는 1, 2구를 지나서 3, 4구에 이르러 그 묘미가 더욱 발휘된다. 이용휴는 아낙이 내어가는 고리짝 안까지 들여다보고 있다. 행여 들밥을 내가는 사이 국에 벌레라도 빠질까 봐 커다란 호박잎을 뚝 따다가 국그릇을 덮었다. 힘들여 일하는 남편을 위하는 아낙의 순수하고 세심한 마음 씀씀이를 호박잎 한 장에서 엿볼 수 있다. 여기서 비로소 이 시의 진의眞意를 읽을 수 있겠다. 그렇다. 이용휴는 목소리 높여 벗에게 선정善政을 당부하지 않았다. 남편의 국에 벌레라도 빠질까 봐 호박잎 덮어 내가는 시골 아낙의 심정과 같이 진실된 마음으로 백성을 대한다면, 그러한 목민관이야말로 진정한 목민관이 될 것이다. 그런데 신광수에게 준 송별시와 달리 너무나 직설적으로 목민관이 지켜야 할 준엄한 법도를 일깨운 시도 있다.

백성의 낟알 한 알, 좁쌀 한 톨도
심장의 살과 피에서 나온 것.
만약 취하기를 무도하게 한다면
염라대왕의 질책이 분명 준엄하리.
民之一粒一粟   민지일립일속
出自心肉心血   출자심육심혈
如或取非其道   여혹취비기도
冥裏鬼責必切   명리귀책필절

－「비인으로 부임해 가는 유선 목만중에게(送睡幼選萬中之任庇衆
송목유선만중지임비중)」,『혜환시초』

위 시는 비인으로 부임해 가는 목만중에게 준 송별시이다. 이용휴는 5언이나 7언으로 쓰는 일반적인 한시와 달리 육언절구六言絶句라는 흔치 않은 형식을 취해서 시에 경세적警世的, 설리적說理的 내용을 담아냈다. 백성의 피와 살로 생산된 곡식을 지방 수령이 사적으로 착취한다면 죽어 지옥에 가서라도 벌을 받게 되리라 했다.

중화척을 내린
정조 임금의 뜻 / 정조, 정약용

중화절中和節인 음력 2월 초하룻날 중국 조정에서는 천자가 대신과 외척 들에게 중화척中和尺이라는 잣대를 내렸다. 중화절에 민간에서는 푸른 주머니에 오곡백과의 종자를 담아 서로 주고받았고, 농촌에서는 의춘주宜春酒를 빚어 구망신勾芒神, 봄을 관장하는 신에게 제사를 지내 풍년을 기원하였으며, 백관은 천자에게 농서農書를 바쳤다고 한다. 우리나라에서는 정조가 1796년정조 20년 2월 처음으로 중국 조정의 고사에 따라 신하들에게 중화척을 나눠 주었다. 그리고 어제시御製詩 한 수를 지어 보였다.

중화절에 자를 반사하노라
조서[81]가 궁궐로부터 내려가네.
뭇별은 북극성을 의지하였고[82]

....

81) 원문의 '홍니(紅泥)'는 붉은 찰흙. 한(漢)나라 때 황제가 내리는 조서는 붉은 찰흙으로 봉함을 하였다 하여 흔히 왕이 내리는 글을 뜻한다.

누서는 황종 길이 들어맞누나.[83]

한제가 삼척검을 들던 날이요[84]

진군이 백척루에 누운 모습이로다.[85]

그대들이 오색실을 마름질하여

산 무늬 용 무늬를 기워 주게나.[86]

頒尺中和節　　반척중화절

紅泥下九重　　홍니하구중

---

82) 본디 『논어(論語)』위정(爲政)의 "정사를 덕으로써 행하는 것은 비유하자면 북극성이 제
자리에 있고 뭇별이 그것을 에워싸는 것과 같다" 한 것에서 인용한 말이나 잣대의 눈금
을 성(星)이라고 하는 점으로 보아 여기서는 잣대의 작은 눈금들이 큰 눈금을 기준으로
삼아 질서 있게 놓여 있다는 뜻으로 보인다.

83) '누서'는 본디 무게를 다는 두 단위로, '누'는 기장 낱알 열 개의 무게이고 '서'는 기장 낱
알 한 개의 무게인데, 여기서는 무게가 아닌 폭을 뜻한다. 황종은 옛 음악에서 12율(律)
가운데 하나로 소리가 가장 크고 웅장한 것인데, 길이의 단위를 정할 때 황종 길이의 90
분의 1을 1분(分)으로, 10분을 1촌(寸)으로, 10촌을 1척(尺)으로, 10척을 1장(丈)으로,
10장을 1인(引)으로 한다고 한다. 곧 잣대의 눈금이 법칙에 잘 들어맞게 배치되어 있다
는 것이다.

84) 한 고제(漢高帝)가 이르기를, "나는 포의(布衣)로 삼척검(三尺劍)을 들고서 천하를 차지
했다"고 한 데서 온 말인데, 여기서는 이 고사와는 관계가 없고 다만 삼척검의 척(尺) 자
하나만을 의미할 뿐이다.

85) '진군'은 삼국시대 위(魏)나라의 고사(高士) 진등(陳登)을 가리킨다. 허사(許汜)가 일찍
이 유비(劉備)와 함께 형주(荊州)의 유표(劉表)에게 갔을 적에 허사가 진등의 인품을 평
하여 말하기를, "일찍이 하비(下邳)에 들러 진등을 만났는데, 진등이 한참 동안 아무 말
도 하지 않고 있다가, 자신은 큰 와상에 올라가서 눕고 나는 밑에 있는 와상에 눕게 하
더라"고 했다. 그러자 유비가 "그대는 국사(國士)의 명망을 지녔는데도…… 아무런 채택
할 만한 말이 없었으니, 이것이 바로 진등이 꺼리는 바이다. 만일 나 같았으면 나는 백척
루(百尺樓) 위에 눕고 그대는 맨땅에 눕도록 했을 것이다. 어찌 와상의 위아래 차이만 두
었겠는가"라고 한 데서 온 말이다. 여기서는 이 고사와는 관계가 없고 다만 백척루의 척
(尺) 자 하나만을 의미할 뿐이다.

86) 산 무늬와 용 무늬는 왕이 입는 곤룡포에 수놓아진 것들을 말한다. 곧 그대에게 자를
내려 주니 그것으로 비단을 마름질하여 내가 입는 곤룡포에 수를 놓아 달라는 것인데,
신하들에게 자신을 잘 보좌해 달라고 부탁하는 뜻을 나타낸 것이다.

拱星依紫極	공성의자극
縿黍叶黃鐘	누서협황종
漢帝提三日	한제제삼일
陳君臥百容	진군와백용
裁來五色線	재래오색선
許爾補山龍	허이보산룡

　정조는 잣대의 작은 눈금들이 큰 눈금을 기준으로 삼아 질서 있
게 놓여 있듯이, 조정의 신하들도 국왕인 자신을 중심으로 제 역할
을 해 줄 것을 당부했다. '그대들에게 자를 내려 주니 그것으로 비
단을 마름질하여 내가 입는 곤룡포에 수를 놓아 달라' 했는데, 이
말은 바로 신하들에게 자신을 잘 보좌해 달라고 부탁하는 말이다.
　중화척을 하사받은 신하 중 한 사람이 바로 다산 정약용이었다. 정약
용이 스스로 지은 「자찬묘지명自撰墓誌銘」에 이 일을 이렇게 기록하였다.

　　병진년1796년 봄 형조의 녹계錄啓[87]로 인하여 하유하기를,
　　"요즘 연신筵臣, 경연 등에 참석하는 신하의 말을 들으니, 외직에
　　보임된 찰방察訪이 내포內浦 일대를 성심껏 가르치고 금지
　　한 일로 괄목刮目할 만한 효과가 있었다고 한다" 하고, 특별

87) 죄인의 심리나 처결, 인사 추천 등에 관한 내용을 글로 적어서 임금에게 상주(上奏)함을
　　말한다.

히 중화척을 내리고 이어서 어시御詩 두 수를 내려 용에게

갱화賡和. 왕이 친히 지은 시에 대하여 신하가 화답하는 것하여 올리

도록 하였다.

정약용은 22세 때 경의진사經義進士가 된 후 줄곧 정조의 총애를
받아 이후 암행어사, 참의, 좌우부승지 등을 역임했다. 이 시기 정
약용의 공적으로 1789년 배다리 준공과 1793년 수원성 설계가 이
뤄진 것은 널리 알려져 있다. 그런데 1791년 진산 사건 이후 천주
교로 인하여 조정이 시끄럽던 중 1795년 주문모 신부의 변복잠입
사건까지 터지자 정조는 수세에 몰린 정약용을 피신시키기 위해 병
조참의에서 금정찰방으로 강등 좌천시켰다. 금정찰방으로 내려간
정약용은 짧은 기간 동안 천주교에 빠져 있던 금정 지역 백성들을
회유하여 개종시켰다. 바로 이러한 정황에서 정조는 자신이 정약용
을 잊지 않고 있음을 알리는 뜻으로 중화척을 내리고, 이어 자신의
시에 화답하는 시를 짓게 명했던 것이다. 이에 정약용은 정조의 시
에 다음과 같이 화답하였다.

경사스러운 명절 중화절을 맞아
비단으로 싸고 싼 단향목 잣대.
잔별 무늬 옥판에 줄지어 있고
임금님 노래한 시 큰 종이 울려
털끝만 한 보답도 하지 못한 몸

큰 도량의 포용을 크게 입었네.

재상들 뒤를 따라 붓대를 잡아

치졸한 시 여러 명사들에게 부끄럽기만.

令節中和節	령절중화절
紅牙錦帕重	홍아금파중
星文羅玉版	성문라옥판
奎韻發洪鍾	규운발홍종
未有纖毫報	미유섬호보
偏蒙大度容	편몽대도용
鳳池隨染翰	봉지수염한
蕪拙愧群龍	무졸괴군룡

-「임금께서 중화척을 내려 주시면서 곁들여 보내신 시에 화답하다
(賡和內賜中和尺兼簡御賜詩韻 갱화내사중화척겸간어시운),
병진년(1796년) 2월 6일, 「다산시문집」권2

이렇듯 정조가 특별히 지우知遇했던 정약용은 중화척 외에 정조
로부터 특별한 책을 선물 받기도 했다.

그날 밤 달빛이 유난히 맑아 혼자서 죽란竹欄, 정약용의 서울 명
례방 집의 정원으로, 화분들로 작은 정원을 꾸미고 대나무 난간으로 경계
를 삼았음에 앉았더니 갑자기 문을 두드리는 자가 있었는데
그는 각리閣吏, 규장각의 아전였다. 열 권의『한서선漢書選』을
들고 와서 옥음玉音을 전하기를, "지금 주자소鑄字所를 다른

곳에다 옮겨 지었는데─이때에 규영부奎瀛府, 규장각의 별칭가
춘방春坊, 세자시강원이 되었음─아직은 벽이 마르지 않았으
니 조금 기다렸다가 다시 들어와서 날 위해 종전처럼 교서
校書도 하고 숙직도 하라. 그리고 지금 내린 『한서선』 열 권
에 제목을 써서 다섯 권은 도로 들여보내고 나머지 다섯 권
은 집에다 두고 전가傳家의 물건으로 삼도록 하라" 하였다.
이렇게 은혜로운 말씀이 누누하였고 깊은 권념眷念을 아끼
지 않았는데, 이는 내가 탄핵을 당하고 나서 한쪽에 엎드려
있기 이미 1년이 흘렀기 때문에 이같이 기억해 주시는 사랑
을 베푸신 것이다. 그런데 그 다음 날부터 편찮으시기 시작
하여 28일에 승하하시고 말았으니 그렇다면 그 『한서선』 열
권이 바로 군신君臣 사이의 영원한 이별을 알리는 선물이 되
고 만 셈이었다. 책을 껴안고 흐느껴 울면서 그날 생각했던
시를 지금 여기다 옮겨 적는다.

동으로 소내에 가 고기잡이에 맛 들였는데
님이 부르신 초록 명주가 시골집에까지 왔네.
주자소를 이미 옮겨 별관을 열었으며
황색 보로 곱게 싸서 한서를 내리셨다.
간괴를 버리신 것[88] 님께서도 언짢아하시니
이생인들 어찌 차마 물고기 잡고 나무하며 지내리까?
산으로 갈 이필의 계획[89]을 영원히 포기하고

198

처자 데리고 서로 와 살 곳을 정했다네.

東出苕溪學捕魚	동출소계학포어
綠綈恩召到田廬	록제은소도전려
已移靑瑣開唐館	이이청쇄개당관
別裹緗縅降漢書	별과상함강한서
聖主應嫌棄菅蒯	성주응혐기관괴
此生何忍憶樵漁	차생하인억초어
長抛李泌歸山計	장포이필귀산계
妻子西來又奠居	처자서래우전거

－「유월 십이일 한서를 하사받고 삼가 그 은덕에 관하여 쓰다
(六月十二日蒙賜漢書恭述思念 유월십이일몽사한서공술은념), 병서(幷序)」
『다산시문집』권4

이 글은 정조가 승하하던 날 정약용이 울면서 남긴 글이다. 다시
조정으로 들어와 책도 편찬하고 숙직도 서라는 뜻으로 정조가 내린
열 권의 『한서선』이 군신 간의 영원한 이별의 선물이 되고 말았다.

....

88) 『춘추좌전(春秋左傳)』 성공(成公) 9년에 "사마가 있다 하더라도 관괴를 버리지 말 일이라
(雖有絲麻 수유사마, 無棄菅蒯 무기관괴)"라는 시가 인용되어 있다. 이 말은 '아무리 사
마(絲麻) 같은 좋은 실이 있다고 하더라도 신이나 삼는 관괴도 쓸 때를 대비하여 버리지
않고 둔다'는 뜻이다.

89) 당(唐)나라의 이필(李泌)이 재주가 대단하고 박식하였는데, 평소에 신선 방술을 사모해
오다가 현종(玄宗) 때에 한림학사(翰林學士)로서 동궁(東宮)을 보좌하여 동궁으로부터
융숭한 예우를 받았으나 양국충(楊國忠)의 미움을 사 영양(潁陽)에 가 숨어 살았다. 그
후 숙종(肅宗)·대종(代宗)·덕종(德宗) 대에 걸쳐서도 부름을 받고 나왔다가 곧 은거(隱
居)하였다.

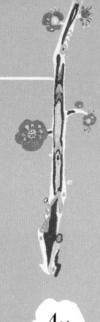

4부

나는 완전 바보,
그대는 반절 바보

연암 박지원은 유언호兪彦鎬의 천거로 처음 벼슬길에 올랐을 때
의 나이가 50세였다. 그 후로 박지원은 몇 차례 지방 수령이 되었
는데, 그 시절 그는 형편이 어려운 친구들에게 자주 이것저것 보
내 도와주었지만 그 외의 사람들에게는 결코 토산물을 후하게 선
물하는 법이 없었다. 그런데 안의현감 시절 박지원은 유언호에게
대로 만든 발 두 장과 죽부인 한 개를 선물하였다. 유언호는 발을
받자마자 즉시 앞창에다 친 후 한참 동안 매만지다가 이런 답장을
보냈다.

　"발 가득히 맑은 바람이 부니 그대 마음을 보는 듯하이!"

　참으로 조촐하고 맑은 선물이요, 참으로 운치 있고 간결한 답장
이다. 선물과 편지가 이처럼 시적일 수 있었던 시대가 바로 한문학
의 시대였다.

　옛 문인들은 물건을 주고받을 때 물건과 함께 시를 보내기도 하
고, 받은 물건에 대한 답장으로 시를 적어 보내기도 했다. 그들은
주로 어떤 선물을 받았을 때 시로 답장을 했을까? 또 어떤 물품을
요청할 때 시를 지어 보냈을까? 편지시도 궁금하지만 시와 함께 오
고간 선물의 목록이 더욱 궁금하고 흥미롭다.

　서울의 인왕산 자락 옥류동玉流洞, 지금의 종로구 옥인동에 살았던

조선 후기 위항문인委巷文人인 이이엄而已广 장혼張混은 자신이 꿈꾸는 집과 그 집에서의 생활을 자세하게 쓴 「평생지平生志」라는 글을 남겼다. 그는 비록 평생 가난하게 살았지만 「평생지」에서 자신이 소유하고 싶은 것들을 청공淸供, 맑고 깨끗한 물품이라 이르고, 무려 80종의 청공을 들었다. 그는 오래된 거문고(古琴)나 오래된 검(古劍), 명화名畵와 같은 골동품을 갖고 싶어 하기도 하였고, 단계산 벼루(端溪硯)나 호주산 붓(湖州筆), 이름난 향(名香), 명차名茶 같은 값비싼 문방 용품과 기호품 갖기를 꿈꾸기도 하였다. 하지만 그 밖의 대부분의 물품은 문인의 생활에 기본적으로 쓰이는 것들로 화전지花箋紙, 연적硯滴, 붓통(筆架), 벼루갑(硯匣), 또 문인의 생활에 여유와 멋을 더해 주는 것들인 청주나 탁주(淸濁酒), 바둑돌과 바둑판, 호리병, 화로, 차솥, 차주머니, 목침木枕, 부채, 삿갓, 지팡이, 짚신, 나막신, 안경 등을 들었다. 문인들 사이에서 주고받은 선물들 역시 이런 종류의 물품들에서 크게 벗어나지 않는다.

이제 옛 문인들이 쓴 편지시를 따라가며 어떤 선물들을 주고받았는지, 그 무진장한 청공의 세계로 들어가 보자.

푸른 향기
붉은 실로 묶었구나 / 이규보

현대의 차 문화에서는 다마茶磨 또는 다마자茶磨子라는 것이 매우 낯설다. 이것은 말차抹茶, 가루차를 만들기 위해 사용되는 맷돌로, 말차가 성행한 고려 시대에 사용되었다고 전한다. 고려의 성종成宗이 손수 차를 맷돌에 갈았다는 기록도 보인다. 이규보는 어떤 벗에게서 차 맷돌을 선물 받고서 다음과 같이 사례하는 시를 남겼다.

돌 쪼아 바퀴 하나 만드니

돌리는 데 한 팔만 쓴다네.

자네라고 어찌 차를 마시지 않으랴만

내 집 초당에 보내 준 것은

특히 내가 잠을 즐기는 걸 알아

이것을 나에게 부친 것이지.

차를 갈수록 푸른 향기 나오니

그대 뜻 더욱 고맙구려.

琢石作孤輪   탁석작고륜

廻旋煩一臂	회선번일비
子豈不茗飮	자기불명음
投向草堂裏	투향초당리
知我偏嗜眠	지아편기면
所以見寄耳	소이견기이
研出綠香塵	연출록향진
益感吾子意	익감오자의

－「차 가는 맷돌을 받고서 사례하다(謝人贈茶磨 사인증다마)」
『동국이상국전집』권14

동그란 바퀴 모양의 작은 차 맷돌을 받고서, 직접 연고차研膏茶[90]를 갈아 말차로 만들고 있을 이규보의 모습을 떠올리게 하는 시이다. 차 맷돌을 보내 준 이 역시 차를 마실 때 요긴하게 쓸 물건이건만, 이규보에게 보낸 뜻은 그가 특히 잠이 많은 걸 알아서라 했다. 술, 거문고, 시를 몹시 좋아했던 삼혹호 선생 이규보는 잠도 많았나 보다.

한편, 이규보는 정안鄭晏이라는 사람으로부터 차를 선물 받고서 다음과 같이 시로 답례하기도 했다.

....

90) 딱딱하게 굳혀서 만든 차로, 갈아서 가루를 내어 마신다.

그리운 소식 몇 천 리를 날아왔는가?

하얀 종이 바른 함을 붉은 실로 묶었구나.

내 늙어 잠 많은 줄 알고서

새로 나온 찻잎을 끓여 먹으라 구해 주었네.

芳信飛來路幾千　　방신비래로기천

粉牋糊櫃絳絲纏　　분전호궤강사전

知予老境偏多睡　　지여노경편다수

乞與新芽摘火前　　걸여신아적화전

벼슬 높아도 검박하기 더없는 나인데

여느 것도 없거늘 하물며 선다이랴?

해마다 홀로 어진 이의 덕을 입으니

* 지난해에도 보내 주었다.

이제야 이 세상 재상집 구실하누나.

官峻居卑莫我過　　관준거비막아과

本無凡餉況仙茶　　본무범향황선다

年年獨荷仁人貺　　년년독하인인황

* 前年亦送 전년역송

始作人間宰相家　　시작인간재상가

　　　　　ー「일암거사 정군 분(정안)이 차를 보내 준 데 대하여 사례함
（謝逸庵居士鄭君奮寄茶 사일암거사정군분기다）」『동국이상국전집』권18

차 의원,
맥문동 좀 주시게 / 서거정

옛 문인들은 웬만한 병증에는 자가 처방으로 다스릴 만큼 의약
지식을 교양으로 삼았고, 이와 맞물려 약초 재배에도 관심을 기울
였다. 그래서 시문에는 여러 종류의 약초들이 빈번하게 등장한다.
다음은 서거정이 의원에게 맥문동을 요청하는 시이다.

노병이 얽힌 데다 소갈증까지 또 어찌하나?

긴긴 날에 수시로 차 끓이기만 좋아한다네.

날 위하여 맥문동탕을 마시도록 보내 주오

늙은 동파를 배워 심장 틔우고 위장 다습게 하려네.

老病纏綿抱渴何   노병전면포갈하

日長時復愛煎茶   일장시부애전다

殷勤爲借門冬飮   은근위차문동음

暖胃開腸學老坡   난위개장학노파

- 「차 전의에게 맥문동을 요구하다(求麥門冬於車典醫 구맥문동어차전의)」

『사가집』 권20

맥문동은 진액을 보하는 대표적인 약으로 마른기침, 각혈, 가래, 해수에 쓰며, 갈증, 소갈 및 변비에도 사용되는 한약재다. 또 가슴이 답답하고 팔다리를 가만두지 못하는 증상과 불면증에도 사용된다. 용도가 다양한 약초가 바로 맥문동인 셈이다. 서거정은 소갈증^{당뇨}이 있어 수시로 차를 마시며 병증을 다스려 보지만, 약효가 좋은 맥문동탕을 먹어 보고자 한 것이다.

소식蘇軾의 시 「자다가 일어나, 미원장^{미불}이 더위를 무릎 쓰고 동원에 이르러서 맥문동 음료수를 보내왔다는 말을 듣고서睡起聞米元章冒熱到東園送麥門冬飮子 수기문미원장모열도동원송맥문동음자」를 보면, "베갯머리의 맑은 바람은 가치가 만전인데, 아무도 북창의 낮잠을 사려는 사람이 없구려. 심장 틔우고 위장 다습게 하는 게 맥문동탕인데, 이것은 바로 동파가 손수 달인 거라오一枕淸風直萬錢 일침청풍치만전, 無人肯買北窓眠 무인긍매북창면, 開心暖胃門冬飮 개심난위문동음, 知是東坡手自煎 지시동파수자전"라 읊었다. 서거정은 이 시를 멋들어지게 인용하며 의원에게 맥문동을 부탁하고 있다.

심장의 피를 잘 돌게 하고 위장을 따뜻하게 하는 맥문동의 효능은 옛 문인들에게는 의학 상식이었던가 보다. 점필재佔畢齋 김종직金宗直도 진산 강희맹에게 준 시에서 다음과 같이 적고 있다.

유부와 편작91)을 따라 여생이나 수양할까 하지만

다경은 좋아 않고 주경92)만 좋아한다네.

위 다습게 하고 심장 틔우는 걸 취할 만하니

문동은 참으로 청정[93]보다 나은 거라오.

擬從俞扁養餘齡   의종유편양여령

不喜茶經喜酒經   불희다경희주경

暖胃開心差可取   난위개심차가취

門冬眞箇勝靑精   문동진개승청정

－「진산군이 세 번째 앞의 운을 사용하여 부쳐 왔으므로 다시 화답하다
(晉山三用前韻見寄復和 진산삼용-전운견기부화)」,
『점필재집(佔畢齋集)』권10

명의名醫 유부나 편작을 좇아 남은 생애 양생에 힘쓸까도 싶지만 차보다 술이 더 좋다. 술로 탈이 난 심장과 위는 맥문동으로 다스리면 또 그만이다.

---

91) 원문의 유편(兪扁)은 황제(黃帝) 때의 명의(名醫)인 유부(兪跗)와 전국시대 때의 명의인 편작(扁鵲)을 합칭한 말이다.
92) 『다경』은 당나라 때 육우(陸羽)가 차에 관하여 상세히 설명한 책이고, 『주경』은 당나라 때 왕적(王績)이 술 만드는 법과 예로부터 술을 잘 만든 사람 등을 기록한 책이다.
93) 도가(道家)에서 청정석(靑精石)으로 지은 밥(飯)을 이르는데, 이것을 오래 복용하면 안색이 좋아지고 장수를 한다고 한다.

스님이
부쳐 보낸 신발 / 윤결

몹시 술을 좋아했던 문인으로 호가 취부醉夫, 성부醒夫였던 윤결
尹潔, 1517-1548이라는 이가 있었다. 그는 과거에 급제한 후 사가독
서賜暇讀書[94]를 한 인재였으나, 서른의 나이에 술자리에서 한 말이
빌미가 되어 죽음을 맞았다. 홍문관수찬의 벼슬에 있던 그는 시정
기時政記 필화사건으로 참형된 안명세安明世[95]의 정당함을 술자리에
서 발설한 것이 빌미가 되어 밀고를 당해 국문을 받고 옥사하였다.

---

94) 조선 시대에 국가의 유능한 인재를 양성하고 문운(文運)을 진작시키기 위해 젊은 문신들
에게 휴가를 주어 독서에 전념할 수 있도록 한 제도.
95) 1545년(인종 1년) 이기(李芑)·정순붕(鄭順朋) 등이 을사사화를 일으켜 많은 현신(賢臣)
들을 숙청하자, 안명세는 자세한 전말을 춘추필법에 따라 직필(直筆)한 시정기를 작성
했으며, 사관(史官)으로서의 노고를 인정받아 가자(加資)되기도 했고, 이듬해에는 승정
원주서에 올랐다. 그러나 1548년(명종 3년) 이기 등이 자신들의 행위를 정당화하기 위
하여 이른바 「무정보감(武定寶鑑)」을 찬집할 때, 을사년 당시 그와 함께 사관으로 있었던
한지원(韓智源)이 시정기의 내용을 이기·정순붕에게 밀고함으로써 체포되어 국문을
당했다. 문제가 된 시정기에는 인종의 장례식 전에 윤임(尹任) 등 세 대신을 죽인 것은
국가적인 불행이라는 지적과, 이기 등이 무고한 많은 선비들을 처형한 사실, 그리고 이
를 찬반하던 선비들의 명단 등이 담겨 있었다. 그는 국문을 당하면서도 소신을 굽히지
않고 당당하게 이기·정순붕의 죄악을 폭로했고, 사형에 임해서도 의연한 모습을 남겼
다. 1567년 선조가 즉위한 뒤 1570년에 신원(伸寃)되어 직첩(職牒)을 다시 돌려받았다.

문정왕후의 수렴청정과 윤원형의 세력 확장을 비판했다는 것이 그 죄상이었다 한다.

술 좋아하는 호탕한 선비였던 윤결이 남긴 시로 가을에 읽으면 그만인 작품이 허균이 편찬한 시선집 『국조시산』에 선발되어 전한다. 제목은 「스님이 신발을 보내 주어서山人寄鞋 산인기혜」이다.

옛 친구 멀리서 신발 한 켤레 보낸 것은
내 뜰에 푸른 이끼 덮였음을 알아서겠지.
그리워라, 작년 저문 가을날 절간에서
산 가득 붉은 낙엽 밟고 다녔지.

故人遙寄一雙來　　고인요기일쌍래
知我庭中有綠苔　　지아정중유록태
仍憶去年秋寺暮　　잉억거년추사모
滿山紅葉踏穿回　　만산홍엽답천회

－『국조시산』권3

오랜 친구인 스님이 온 산에 단풍이 가득한 깊은 가을날 아무 말 없이 신발 한 켤레를 보내왔다. 선승禪僧이 선문답을 할 때 거두절미하고 화두를 툭 던지듯이. 신을 받아 든 윤결은 금방 그 뜻을 알아차렸다. 오랫동안 두문불출하고 있는 자신을 산사로 초대하는 것임을. "그리워라, 작년 저문 가을날 절간에서 산 가득 붉은 낙엽 밟고 다녔지"라며 추억을 회상하는 것은 바로, 윤결이 산사로 찾아가겠다는 말에 다름 아니다. 신을 보낸 뜻과 답장으로 이만큼 멋진 화답이 또 있을까? 그러나저러나 산인이 보낸 신은 어떤 종류의 혜鞋였을까? 미투리 마혜麻鞋였을까? 짚신 초리草履였을까?

스님과 선비가 나란히 만산홍엽滿山紅葉을 밟고 있는 정경을 그려 보며, 신발 한 켤레를 보내어 나를 산으로 부를 사람이 있는지 생각해 본다. 붉은 낙엽더미 위로 싸락싸락 서리가 덮인 산길을 함께 걷자고 신발 한 켤레 보내고 싶은 사람은 있는지?

산중의 목상좌를
꼭 만나려는 까닭은 / 서거정

지팡이에는 여러 종류가 있다. 조선 시대에는 나이 50세가 되었을 때 자식이 아버지에게 바치는 청려장靑藜杖을 가장家杖이라 하고, 60세가 되었을 때 마을에서 주는 것을 향장鄕杖, 70세가 되었을 때 나라에서 주는 것을 국장國杖, 80세가 되었을 때 임금이 내리는 것을 조장朝杖이라 하여 장수한 노인의 상징으로 여겼다. 한시에서 가장 흔하게 볼 수 있는 지팡이는 청려장과 죽장이다.

그런데 여기 매우 귀한 지팡이를 빌려달라고 하는 시가 있다. 서거정이 수종사의 스님에게 구장鳩杖을 빌리려고 쓴 시이다. 구장은 도대체 어떤 모양의 지팡이일까? 손잡이 꼭대기에 비둘기 모양을 새긴 지팡이로, 국가의 공신이나 원로대신으로 70세가 넘은 사람이 벼슬에서 물러날 때 임금이 주로 하사하였다는 특별히 귀한 지팡이다. 지팡이에 비둘기 장식을 얹은 이유는, 비둘기가 음식을 먹어도 체하지 않으므로 체하지 말고 건강하라는 뜻에서 나온 것이라 하기도 하고, 또 한나라의 유방이 항우와 싸우다 어느 숲으로 도망쳤을 때 비둘기가 울음을 울어 위기에 처한 유방을 구했기에

후에 유방이 부노扶老의 뜻으로 비둘기를 기리고자 한 것이라고도
한다.

> 늘그막엔 오그라든 다리가 몹시 짜증나네
> 길을 걷자도 펴지 못해 비틀거리니 말일세.
> 내 산중의 목상좌를 꼭 만나려는 까닭은
> 짚신 신고 가서 잠시 서로 친하기 위함일세.

老來足攣怒堪嗔　　노래족벽노감진

行步蹣跚脚未伸　　행보반산각미신

欲見山中木上佐　　욕견산중목상좌

芒鞋當日暫相親　　망혜당일잠상친

-「수종사의 늙은 선승에게 부쳐 구장을 빌리다
(寄水鍾老禪借鳩杖 기수종노선차구장)」,『사가집』권42

　　서거정과 수종사의 승려는 평소 격의 없이 친하게 지내는 사이
였던가 보다. 나이가 드니 자연히 다리도 오그라들고 아파서 지팡
이 없이는 산사에 갈 수 없으니, 스님이 구장이라도 보내오면 찾아
가겠다는 뜻을 전하는 시이다. 3구에 보이는 목상좌木上佐는 나무
지팡이를 의인화하여 일컬은 말이다.『전등록』에 의하면, 불일선
사佛日禪師가 협산夾山을 만났을 때 협산이 묻기를 "어떤 사람과 동
행하셨습니까?" 하자, 불일선사가 지팡이를 치켜들면서 이르기를
"오직 목상좌가 있어 그와 동행했을 뿐이다唯有木上佐同行耳 유유목상

좌동행이" 했던 데서 온 말이다.

서거정은 조선 초기 관각館閣의 대표적 문인으로 영화로운 사환仕宦 생활을 영위했는데, 그의 문집에는 이처럼 물외한정物外閑情이 물씬 풍기는 시들이 많다. 구장을 짚고서 수종사를 오르는 서거정의 모습을 그려 볼 수 있는 시이다.

친구여,
비단 살 돈 좀 주시게 / 이달

세상에서 제일 곤란한 부탁 중 하나가 돈을 꾸는 일일 것이다.
그런데 세상에는 매우 유쾌하게 돈을 빌려주는 경우도 있다.

어느 가난한 선비가 나에게 돈을 꾸러 온다. 그러나 차마 말
을 꺼내지 못하고 우물쭈물하면서 화제를 다른 데로 돌리려
고 한다. 참으로 괴로우리라 생각하고, 단둘이 있을 곳으로
데리고 가서 얼마나 필요하냐고 묻는다. 그러고는 다시 방으
로 들어와 돈을 내주고 나서 이렇게 말한다. "자네는 이제 곧
가서 그 문제를 해결하지 않으면 안 되지만 좀 더 앉아 있다
가 술이나 한잔 들고 가는 것이 어떤가?" 아아! 이 또한 유쾌
한 일이 아닌가?

김성탄[96]의 『서상기西廂記』를 평석評釋한 글 중 '행복한 한때'의 한
대목이다. 이 글만큼이나 유쾌하고 낭만적인 돈 꾸기가 이달李達,
1539-1612과 최경창 사이에 있었다. 이달이 무장茂長 현감으로 있는

최경창을 따라 전라도 영광에 머물고 있을 때였다. 이때 이달은 사랑하는 기녀가 있었는데, 그 기녀는 보라색 비단을 사서 치마를 만들고 싶어 했다. 비단 값 치를 돈이 없었던 이달은 시를 한 편 써서 벗 최경창에게 보냈다. 시의 제목은 「고죽 사또에게 주는 금대곡錦帶曲贈孤竹使君 금대곡증고죽사군」이다.

중국 상인이 강남 저자에서 비단을 파는데

아침 해가 비치니 보라색 연기가 나는 듯. [97]

아름다운 여인은 꼭 치마를 만들고 싶어 하는데

화장대를 아무리 뒤져 봐도 돈 되는 게 없구려.

商胡賣錦江南市   상호매금강남시

朝日照之生紫煙   조일조지생자연

佳人正欲作裙帶   가인정욕작군대

手探粧奩無直錢   수탐장렴무치전

－『손곡시집(蓀谷詩集)』 권6

이 시를 받은 최경창은 "만약 이 시를 값으로 따지면 어찌 천금만 되겠는가? 가난한 고을에 돈이 넉넉하지 못해서 시 값을 제대로

---

96) 중국 명(明)나라 말엽, 청(淸)나라 초기의 문예 평론가이자 대문장가.

97) 이 구절은 이백의 유명한 시 「여산폭포를 바라보며(望廬山瀑布 망려산폭포)」의 구절 "향로봉에 햇빛 비쳐 보라색 연기가 나는 듯(日照香爐生紫煙 일조향로생자연)"을 가져왔다.

치르지 못하겠구나" 하면서 시 한 구절에 쌀 열 석씩 계산하여 모두 40석을 보냈다. 이러한 낭만적인 이야기가 허균의 『학산초담鶴山樵談』과 유몽인의 『어우야담於于野談』에 실려 전한다.

스님이 보내온
산나물 / 이식

　택당澤堂 이식은 1618년 폐모론廢母論이 일어나자 광해군의 조
정에서 은퇴하여 경기도 지평砥平, 지금의 양평군 양동면으로 낙향하였
다. 그 후 남한강 변에 택풍당澤風堂을 짓고 오직 학문에만 전념하
였는데, 그의 호 택당은 여기에서 연유하였다. 이 시절 택당은 이
웃 산사의 영숙靈淑이라는 스님과 친하게 내왕하였던 것으로 보인
다. 어느 날 영숙 스님이 산나물을 뜯어 대광주리에 가득 담아 보
내왔는데, 이에 사례하는 마음을 담아 다음의 시를 적어 보냈다.

　　몇 년 동안 질리도록 육식으로 배 채우다
　　고향 집 나물 밥상 입맛이 감치는데,
　　선객께서 나물 뜯어 특별히 나눠 주셨으니
　　시골 부엌 곱절이나 맑고 서늘해지겠구려.
　　아직도 안개와 노을 기운 감도는 대바구니
　　입에 넣자마자 놀래키는 이슬 향기.
　　원관이 늙은 두보에게 준 것보다 훨씬 나으니

어찌 택풍당을 두보의 완화당에 양보하랴?[98]

年來肉食厭衷腸	년래육식염충장
歸對盤蔬味甚長	귀대반소미심장
禪客爲余分采掇	선객위여분채철
野廚從此倍淸凉	야주종차배청량
傾筐尙帶煙霞氣	경광상대연하기
入口先驚雨露香	입구선경우로향
却勝園官輸老杜	각승원관수로두
澤風何讓浣花堂	택풍하양완화당

－「산인 영숙이 산나물을 보낸 데 대해 차운하여 사례한 시
(次韻軸山人靈淑送山菜詩 차운사산인영숙송산채시)」, 『택당선생집』 권6

　몇 년 동안 질리도록 육식으로 배를 채웠다는 말은 오랫동안 벼
슬살이를 했다는 말이다. 이제 벼슬에서 물러나 고향 집으로 돌아
와 보니, 나물 반찬으로 가득한 밥상이 도리어 좋다. 스님이 방금
뜯어 보낸 산나물에는 안개와 노을 기운이 고스란히 남아 있어 입
에 넣는 순간 비와 이슬의 향인 듯 입안이 상쾌해진다. 그러니 저
성도成都의 완화계浣花溪 옆에 있던 두보의 초당草堂이 부럽지 않다.
두보는 일찍이 「원관송채園官送菜」라는 시에서, 도독都督의 채소밭

----

98) 완화당은 성도(成都) 완화계 옆에 있던 두보의 초당(草堂)을 가리키고, 택풍당은 여강(驪
江)에 있던 택당의 집 이름이다.

을 가꾸는 관리인 원관園官이 도독의 명으로 두보에게 나물을 가져
다주면서 겨우 명목만 채울 뿐 성의 없이 대하는 것을 개탄한 바
있다.

이즈음 이식이 아들 면冕에게 부친 편지에는 다음과 같이 고기를
사 보내지 말라는 재미있는 내용도 있다.

고기를 먹는다는 것은 이 속에 있는 나의 본분에 걸맞은 일
이 못 된다. 더구나 열이 더 심해지도록 부추길 것인데 더
말해 무엇하겠느냐? 내가 그래서 매번 싫어하는 것이니, 절
대로 사서 보내지 말도록 해라.

나는 완전 바보,
그대는 반절 바보 / 이병연

영조英祖 재위 초기 최고의 시인으로 평가받으며 조선 후기 시단에 커다란 자취를 남긴 이병연李秉淵, 1671-1751은 특히 벗들의 진솔한 모습을 시에 재치 있게 담아냈다. 이병연의 벗 중 자호를 반치半癡, 곧 '세상을 모르는 바보'라 한 이가 있었다. 몹시 가난했던 그 벗이 어느 겨울날 숯을 청하자 이병연이 숯을 보냈고, 벗은 답례로 시를 적어 보내왔다. 답시를 받은 이병연은 벗에게 이런 시를 다시 적어 보냈다.

늙은 처는 서쪽에, 어린 아인 동쪽에
그 가운데 대자로 뻗은 사람 주인옹일세.
화로에 붉은 숯이 생긴 뒤로는
쓰러져 다시는 방을 나서지 않으리.

老妻西畔小兒東   노처서반소아동
大臥中間是主翁   대와중간시주옹
自得一爐紅炭後   자득일로홍탄후

頹然不復出房櫳   퇴연불부출방롱

　　　－「치옹이 숯을 사례하는 시를 보내와 장난삼아 차운하다
　　（癡翁有謝炭詩 치옹유사탄시, 戲次 희차）」「사천시선비（槎川詩選批）」

　　시 속의 인물 치옹은 본명이 이태명李台明으로, 시도 잘 쓰고 노
래도 잘 불렀지만 집은 몹시 가난한 인사였다. 천진하고 자유로운
삶을 추구한 이태명과 그의 그런 모습을 장난스럽게 묘사해 낸 이
병연의 진솔한 우정이 돋보인다. 시의 내용은 숯을 얻은 벗의 모습
을 재미있게 상상해 본 것이다. 화로에 숯을 넣고 나니 한결 따뜻
해진 방에서 좌우로 아내와 아이를 끼고서 드러누운 채 세상 부러
울 것 없이 행복해 할 벗의 천진한 모습을 그렸다.
　　이병연은 벗의 자호를 넣어 다음과 같은 재미있는 시도 지었다.

　　나는 완전 바보 그대는 반절 바보
　　시를 지어 새벽녘에 그댈 부르네.
　　기다려도 오지 않아 꿈에까지 찾았건만
　　그대 와서 읊조릴 적 나는 알지 못했노라.
　　我是全癡君半癡　　아시전치군반치
　　五更呼喚句成時　　오경호환구성시
　　待君不至重尋夢　　대군부지중심몽
　　君到吟詩我不知　　군도음시아부지
　　　－「반치옹의 시에 차운하여 감사하다（次謝半癡翁 차사반치옹）」「사천시선비」

사람들은 시내 서쪽의 반쯤 어리석은 사람이라지만

어리석기 삼분이요 영리하기 칠분이라.

늘어져서 초대해도 도무지 응하지 않더니만

마을에서 개라도 삶으면 누구보다 먼저 들네.

人言西澗半癡君   인언서간반치군

癡得三分點七分   치득삼분점칠분

閒漫招邀都不應   한만초요도불응

里中烹狗輒先聞   리중팽구첩선문

- 「반치옹에게 장난삼아 주다(戲贈半癡 희증반치)」, 『사천시선비』

두 시 모두 '반치半癡'라는 독특한 호를 이용하여 이태명과의 사귐
을 재미나게 그렸다. 첫 시에서는 자기는 '완전 바보〔全癡〕'고 이태명
은 '반절 바보〔半癡〕'라 한 뒤 그 이유를 설명하였다. 함께 시를 짓자
고 사람을 보내 이태명을 불렀는데 이태명이 끝내 오지 않자, 이병
연은 기다리다 지쳐 잠이 들었고 이태명의 꿈까지 꾸었다. 그런데
자는 사이에 정작 이태명이 찾아와 시를 읊은 줄은 꿈에도 몰랐다.

두 번째 시도 '반치'라는 호를 가지고 언어유희를 하였다. 벗은
자기를 '반절 바보'라고 하지만 시인 생각에는 오히려 3할만 바보고
7할은 영리하다고 하였다. 그 이유는 자기 같은 사람이 시 짓자고
부르면 오지 않다가 개라도 삶으면 누구보다도 먼저 찾아오기 때
문이라 했다. 두 사람의 진솔하고 정겨운 모습에 웃음이 절로 나는
시이다.

금강산 일만 이천 봉 속에
이 몸도 그려 넣어 주게 / 신광수

조선 후기는 바야흐로 여행의 시대였다. 남녀노소, 신분을 막론
하고 금강산 여행을 소원하는 자가 어느 시대보다 많았고, 또 실
제로 금강산을 밟아 본 이들도 참으로 많았다. 그 과정에서 금강
산 기행문학과 그림이 유행처럼 확산되었다. 병 때문에 벗과의 금
강산 동행을 포기할 수밖에 없었던 문인 신광수는 벗 허필許佖에게
그림 선물을 하나 요구했다.

성수星叟가 금강산에 놀러 가려 할 때 나에게 함께 가자고
불렀는데, 마침 내가 병이 나서 따라가지 못했다. 섭섭한
생각이 들어서 노래를 지어 허여정許汝正, 허필에게 부치고
금강산을 그려 달라고 하여 아름다운 산수 간에 두고서 금
강산과 인연을 맺는다星叟將遊楓嶽 성수장유풍악, 招我偕作 초아
해작, 値病莫從 치병막종, 有懷怊悵 유회초창, 作歌 작가, 寄許子正 기
허자정, 乞畫楓嶽 걸화풍악, 見寘泉石中 견치천석중, 與楓嶽作緣 여풍
악작연.

225

신광수에게 금강산 유람을 함께 가자고 부른 사람은 성수 이현환李玄煥. 1713-1772이다. 이현환은 본관이 여주驪州, 자가 성수, 호는 학서鶴西 · 섬와蟾窩, 초명이 이수환李壽煥이다. 그는 서울에서 할아버지 이직李溭에게서 배웠고, 안산에 내려와서는 성호 이익에게서 수학했으며, 강세황姜世晃, 이재덕李載德 등과 교유했던 인물이다. 신광수가 금강산 그림을 그려 달라 청한 허여정은 연객烟客 허필로 시서화에 모두 뛰어났던 인물이다. 가 보고 싶은 금강산을 직접 가지 못하니, 대신에 그림 잘 그리는 벗 허필이 그린 금강산 그림을 청해 자신의 처소에 걸어 두고서라도 인연을 맺고 싶다고 하였다. 그리고 다음과 같은 요구 사항을 시로 써 보냈다.

그대가 일전에 금강산을 다녀왔으니
금강산의 진면목을 잘 알 것이오.
옛날 남산의 중범 씨 댁에서
흰 벽 가득히 금강산 그림을 보았지.
내 나이 이제 오십이 가까운데도
금강산을 보지 못한 채 머리가 하얗게 세었네.
풍진 세상에 떨어져 기름불이 타는 듯 지내니
아들 딸이 내 눈앞에서 배고프다 춥다 우는구나.
여강의 미친 손이 황학을 타고 가서
동쪽으로 금강산에 들어가 신선을 찾는다며,
봉래산 꼭대기에서 놀자고 나를 부르는데

따라가려 해도 병고에 꽁꽁 매여 갈 수가 없네.

몸을 기울여 동쪽으로 채색 구름 어린 곳을 바라보니

유안이 신선으로 승천하자 쥐가 제 창자를 끌어내는 듯.[99]

이때의 멋진 풍류에 늙은 허현도는[100]

적선謫仙을[101] 보내려 청문동대문의 길로 달려갔지.

청문의 화실이 저문 봄에 열렸으니

응당 금강산을 그려서 줄 것이다.

허 선생이여!

내가 또 그대에게 한마디 부치려네.

금강산 만 이천 봉 산수 속에

제발 이 석북거사도 넣어 주구려.

이 몸도 천지 사이에 한 미물이니

먹물 한 방울로 이처럼 작게 그려도 좋소.

....

99) 한나라 회남왕(淮南王) 유안(劉安)이 단약(丹藥)을 제련하여 온 가족을 데리고 백일(白
日)에 승천(昇天)할 적에, 그 집의 개와 닭이 그릇에 남은 약을 핥아먹고 뒤따라 하늘로
올라와서, 닭은 하늘 위에서 울고 개는 구름 속에서 짖었다는 이야기가 있다. 또 동진
(東晉) 때 허진군(許眞君)으로 불렸던 허손(許遜)이 홍주(洪州)의 서산(西山)에 올라가 마
흔두 식구가 되는 온 가족을 이끌고 신선이 되어 하늘로 올라갔는데, 쥐만은 불결하여
승천하지 못했기 때문에 쥐가 스스로 후회하여 그 창자를 토해냈다는 고사가 있다. 이
구절은 신광수가 이현환을 따라 금강산에 가지 못해 신선이 되지 못하게 되었음을 탄식
하는 말이다.
100) '현도(玄度)'는 동진 허순(許詢)의 자로, 승려 지도림(支道林)과 교유하면서 청담(淸談)
으로 일세를 풍미하였는데, 유윤(劉尹)이 그에 대해서 "맑은 바람과 밝은 달을 대하노
라면, 문득 현도가 생각난다(淸風朗月 청풍랑월, 輒思玄度 첩사현도)"라고 평한 말이
유명하다. 여기서는 허순과 성이 같은 허필을 이른다.
101) '적선(謫仙)'은 천상에서 귀양 온 신선이라는 말로, 여기서는 금강산에 가는 이현환을
가리킨다.

227

만폭동, 구룡연이나

은신대, 보덕굴이나

그렇지 않으면 삼만 육천 길 비로봉 위에

오뚝이 나를 앉혀서 출렁이는 동해 위로

해와 달이 떴다 졌다 하는 것을 보게 해 주오.

그대가 그리는 곳마다 좋지 않은 곳이 없으니

산속에서 살면서 나를 본 듯이 그려 주시오.

인생살이 조만간에 온갖 구속 떨쳐 버리고

이런 명산과 미리 인연 맺기 바라오.

故人曾作金剛客	고인증작금강객
慣識金剛眞面目	관식금강진면목
伊昔南山仲範宅	이석남산중범댁
見畫金剛滿素壁	견화금강만소벽
我今年紀近五十	아금년기근오십
不見金剛頭雪白	불견금강두설백
塵埃墮落膏火煎	진애타락고화전
兒啼女哭滿眼前	아제여곡만안전
驪江狂生騎黃鶴	려강광생기황학
東將入山訪神仙	동장입산방신선
招我蓬萊頂上游	초아봉래정상유
欲往從之病苦纏	욕왕종지병고전
側身東望彩雲處	측신동망채운처

有如劉安拕膓鼠　　유여류안타장서

此時風流老玄度　　차시풍류노현도

走送謫仙靑門路　　주송적선청문로

靑門畫廚開暮春　　청문화주개모춘

應畫金剛持贈去　　응화금강지증거

許夫子　　　　　　허부자

我且爲君寄一語　　아차위군기일어

萬二千峰泉石裏　　만이천봉천석리

乞寘石北申居士　　걸치석북신거사

是身天地一微物　　시신천지일미물

不妨落墨小如虱　　불방락묵소여슬

萬瀑之洞九龍淵　　만폭지동구룡연

隱身臺與普德窟　　은신대여보덕굴

不然毗盧三萬六千丈　　불연비로삼만육천장

兀然坐我以觀東海之洶湧日月之出沒

올연좌아이관동해지흉용일월지출몰

從君著處無不可　　종군착처무불가

生乎山中如見我　　생호산중여견아

人生早晚謝拘攣　　인생조만사구련

願與名山預作緣　　원여명산예작연

－『석북집(石北集)』권4

신광수는 서울의 남산 자락에 위치한 벗 중범仲範 권사언權師彦의 집에서 금강산 그림을 감상하곤 하면서 금강산 여행을 늘 꿈꿔 왔다. 그러는 사이 머리가 희끗희끗한 나이 50이 다 되었건만 여전히 가난과 병 때문에 꿈을 이루지 못하고 있다. 그래서 금강산을 구석구석 밟아 본 벗 허필에게 금강산을 그려 달라 하였는데, 재미있는 대목은 먹물 한 방울로 자신을 그 금강산 속에 작게나마 그려 넣어 달라는 요청이다. 그림에서, 시문에서 자주 보았던 만폭동, 구룡연, 은신대, 보덕굴 등 금강산 명소도 좋고, 삼만 육천 길 금강산 정상 비로봉 위도 좋다. 그렇게 해서라도 금강산 여행의 꿈을 이루고 싶은 신광수의 염원이 절실하다.

허필은 과연 금강산 일만 이천 봉 어디쯤에 벗 신광수를 그려 넣어 주었을까?

차라면
백 근도 마다하지 않을 것을 / 정약용

  정약용의 호이기도 한 다산은 초당이 있는 뒷산을 이르는데, 그
산에는 차나무가 많이 자생했다. 지금도 백련사에서 초당으로 가
는 산길 옆으로 백련사 스님들이 가꾸는 아담한 차 밭을 볼 수 있
다. 또 초당에는 정석丁石, 다조茶竈, 약천藥泉, 연지蓮池 등 '다산사
경茶山四景'이 있는데, 정석은 다산이 석벽에 친히 글씨를 새긴 것이
고, 다조는 뒷담 밑 약천의 석간수石澗水를 손수 떠다가 앞뜰에서
차를 달일 때 쓰던 청석靑石이다. 고단한 유배 생활 속에 다산의 몸
과 마음을 맑게 다스려 주는 데는 차만 한 것이 없었다. 그래서 다
산의 차에 대한 애호는 남달랐다.

  다산에게 다도茶道를 가르쳐 준 이가 바로 혜장惠藏선사다. 혜장
은 다산이 다산에 살도록 주선했으니, 1805년 다산은 보은산방寶恩
山房, 고성사高聲寺 내 칠성각으로 거처를 옮겨 와 머물렀다. 혜장은 유배
생활의 좋은 동반자로 다산에게서 학문적 가르침을 받는데, 1811년
39세의 나이로 요절하고 말았다(혜장은 다산보다 10살이 어렸다).

  어느 날 혜장은 벗이자 스승이기도 한 다산에게 주려고 정성스

럽게 차 꾸러미를 챙겼는데, 이미 제자가 차를 조금 주었다는 말을 듣고 그만두어 버렸다. 다산은 이 소식을 다시 접하고서 꼭 차를 받고야 말겠다며 한 수 시를 써서 혜장에게 보냈다. 그래서 시의 제목도 그런 자신의 뜻을 그대로 드러내어 「혜장이 날 위해 차를 만들었는데, 때마침 그의 문도 색성賾性이 나에게 무얼 주었다 하여 보내 주지 않고 말았으므로 그를 원망하는 말을 하여 주도록 끝까지 요구하였다藏旣爲余製茶 장기위여제다, 適其徒賾性有贈 적기도색성유증, 遂止不予 수지불여, 聊致怨詞以儌卒惠 료치원사이요졸혜」로 삼았다.

옛날 여가[102]는 대를 몹시 탐하더니
지금 탁옹[103]은 차를 그리 즐긴다네.
더구나 그대 사는 곳 다산이기에
그 산에 널린 것 자색 순이 아닌가?
제자 마음은 비록 후하지만
선생이 왜 그리 냉대란 말인가?
백 근이라도 마다하지 않을 텐데
두 꾸러미 다 주면 뭐가 어때서?
술이라도 한 병 가지고서야
오래 깨지 않고 취하겠는가?

....

102) '여가(與可)'는 송나라 문동(文同)의 자다. 시문(詩文)과 각종 서체에 두루 능했으나 유독 대나무를 잘 그렸다.
103) '탁옹(籜翁)'은 다산 자신을 이른다.

유언충의 차 그릇[104]이 이미 비어 있는데

미명의 돌솥[105]을 그냥 놀리란 말인가?

이웃 사방에 병든 자가 많은데

찾아오면 무엇으로 구제할 것인가?

믿노라, 푸른 시내 위 달이

구름 헤치고 맑은 얼굴 내밀 것을.

與可昔饞竹	여가석참죽
籜翁今饕茗	탁옹금도명
況爾棲茶山	황이서다산
漫山紫筍挺	만산자순정
弟子意雖厚	제자의수후
先生禮頗冷	선생예파랭
百觔且不辭	백근차불사
兩苞施宜竝	양포시의병

....

104) '언충(彦沖)'은 남송(南末) 때 학자 유자휘(劉子翬)의 자다. 유자휘는 주자의 자를 지어
주었고 주자는 그를 스승으로 섬겼다. 유일지(劉一止)가 유자휘의 시에 차운한 시 「次
韻建安劉彦沖學士寄茶一首(차운건안유언충학사기다일수)」를 보면 유언충이 차를 부쳐
보낸 사실을 알 수 있다.

105) 한유(韓愈)가 쓴 「석정연구(石鼎聯句)」 서문에 의하면, 헌종(憲宗) 연간에 형산(衡山)의
도사 헌원미명(軒轅彌明), 한유의 제자인 진사(進士) 유사복(劉師服), 교서랑(校書郞)
후희(侯喜) 3인이 유사복의 집에 모여서 화로 가운데 있는 석정을 두고 연구(聯句)를
지었던 바, 시를 짓는 도중에 유사복과 후희 두 사람은 도사 미명의 높은 식견에 눌리
어 성조(聲調)가 갈수록 처량해지고 시를 쓰려다가도 다시 머뭇거리곤 했으나, 미명은
갈수록 여유작작하게 경구(警句)를 토해내자, 끝내 두 사람은 미명을 존사(尊師)로 받
들고 스스로 제자(弟子)가 되기를 청하고 그곳에서 모두 잠이 들었는데, 아침에 일어나
보니 그 도사는 이미 온데간데없이 어디론가 떠나 버리고 다시 오지 않았다고 한다.

如酒只一壺	여주지일호
豈得長不醒	기득장불성
已空彦沖瓷	이공언충자
辜負彌明鼎	고부미명정
四隣多霍癖	사린다곽체
有乞將何拯	유걸장하증
唯應碧澗月	유응벽간월
竟吐雲中瀅	경토운중형

– 『다산시문집』 권5

차라면 백 근이라도 마다 않을 터인데 겨우 두 꾸러미를 주려다 말다니, 몹시 서운하기도 하고 약이 오르기도 한다. 그래서 술이라도 사 들고 절로 찾아가 달래 볼까, 또 초당에는 토사곽란이 나면 차를 찾는 이웃 백성들이 꽤나 찾아온다는 은근한 협박도 해 본다. 그러면서 마지막에는 분명 이 시를 받은 혜장이 푸른 시내 위에 밝은 달이 떠오를 때 차 꾸러미를 들고 직접 찾아오는 모습을 상상해 본다.

차 두 꾸러미를 기어이 받아 내고야 말겠다는 다산의 고집 앞에 이 시를 읽으며 혜장의 입가에는 미소가 절로 퍼졌으리라. 그리고 이 시를 받자마자 혜장은 그 밤에 차 몇 꾸러미 챙겨 들고 초당을 찾아와, 두 사람은 다산의 다조에 물을 끓여 차를 마시며 한밤을 보냈으리라.

다산의 시에는 혜장이 자주 등장하는데, 그 가운데 가장 인상적인 장면은 다음의 시이다.

삼경의 비가 나뭇잎 때리더니
숲을 뚫고 횃불이 하나 왔네.
혜공과는 진짜 연분이 있나 봐
바위 문을 밤 깊도록 열어 뒀다네.

打葉三更雨	타엽삼경우
穿林一炬來	천림일거래
惠公眞有分	혜공진유분
巖戶夜深開	암호야심개

　　　　－「산행잡구 20수(山行雜謳 二十首)」제15수, 『다산시문집』권5

다산은 이 시 아래에 "이때 혜장이 기약도 없이 왔었다"라 적어 놓았다. 한밤중 빗발이 나뭇잎을 치는데 느닷없이 숲길로 횃불 하나 보이더니 혜장이 산방으로 찾아왔다. 이심전심인지 다산 또한 그 밤, 문을 닫지 않고 그를 기다렸다는 것이다.

한시 러브레터

1판 1쇄 발행일 2015년 3월 23일 1판 1쇄 발행부수 2,000부(총 2,000부 발행)
지은이 강혜선 펴낸곳 (주)도서출판 북멘토 펴낸이 김태완
편집주간 김혜선 편집 진원지 디자인 su:, 안상준 마케팅 이용구 관리 윤희영
출판등록 제6-800호(2006. 6. 13)
주소 121-816 서울시 마포구 월드컵북로 6길 69(연남동 567-11), IK빌딩 3층
전화 02-332-4885 팩스 02-332-4875

ⓒ 강혜선, 2015

ISBN 978-89-6319-123-2 03810